KB104872

나의 사랑 나의 신부

나의 사랑 나의 신부

1판 1쇄 발행 2014년 10월 1일

지은이 이명세
펴낸이 송여원
펴낸곳 청조사
등록 1-419(1976.9.27)
주소 413-170 경기도 파주시 문발로 453 스크린그래픽센터 4층
전화 (02)922-3931~5 **팩스** (02)926-7264
이메일 chungjosa@hanmail.net **홈페이지** www.chungjosa.co.kr

책임편집 윤경선
인쇄 스크린인쇄 **제본** 서경제책

ISBN 978-89-7322-353-4 03810

국립중앙도서관 출판시도서목록(CIP)

나의 사랑 나의 신부 = My love my bride / 지은이: 이명세. ― 파주 : 청조사, 2014
ISBN 978-89-7322-353-4 03810 : ₩10000
한국 현대 소설[韓國現代隨筆]
813.7-KDC5 895.735-DDC21   CIP2014027804

My Love My Bride

나의 사랑
나의 신부

이명세 지음

청조사

차례

사랑이란?

아이스크림처럼 달콤한 것?

솜처럼 부드러운 것?

장미처럼 예쁘고

해바라기처럼 강렬한 것?

그러나 사랑은

파주어도 퍼주어도 다시 솟는 샘물

받아도 받아도 채워지지 않는 공허

나를 버리고 그를 내 안에 받아들이는 것

남 몰래 눈물 닦아내는 아름다운 서러움

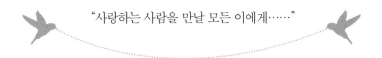

"사랑하는 사람을 만날 모든 이에게……"

1부

그가 그녀를
만났을 때

아주 오래 전부터 이미
그곳에서 그렇게 만나도록 운명지어진 사랑
그러나 세월이 흘러 잇닿을 듯 끊어질 듯 하다가도
다시 만날 것을 예감하는 그대
철천지의 사랑, 나의 사랑.

우린 처음부터 운명이란 걸 믿지 않았더랬다. 그러나 묘하게 엉키다간 또다시 끊어질 듯하고, 완전히 잊어버린 듯하다가 다시 얽혀드는 기이한 인연을 우린 운명이라는 사슬 아래 묶어두기로 했다.

그것은 기나긴 방황과 가슴을 태우는 사랑앓이에 지친 일종의 체념과도 같은 것이었다. 아무튼 운명은 우리를 이상하게 만나도록 각본 지어놓은 모양이다.

우리의 첫 만남은 이랬다.

학교가 파하고도 곧장 집으로 돌아가 본 적이 없는 말괄량이 계집애들이 소운동장에서 고무줄놀이를 하고 있었다.

초등학교 4학년, 열한 살짜리들이 머리를 맞대고 뭔가 재미있는 일이 없을까 궁리해 봤지만, 떡볶이를 사 먹거나 만화를 볼 돈도 없고 딱히 갈 데도 없으니 고무줄놀이나 하는 수밖에.

탑을 쌓듯 책가방을 포개어 쌓아 올리고, 그 곁에서 너덧 명의 계집애들이 고무줄을 향해 뛰어올랐다.

바로 그때 느닷없는 침입자가 나타났다. 또래 남자아이 두 명이 달려들더니 고무줄 양쪽 끝부분을 칼로 뚝 끊어 버리고는 후다닥 도망간 것이다.

"어머, 어머 어떡해."

여자아이들은 몽당해진 고무줄을 쥔 채 울상을 지었다. 그러나 미영은 달아나는 두 악동의 뒤통수에 대고 앙칼지게 소리쳤다.

"야! 니들 거기 서지 못해. 죽을 줄 알아!"

이렇게 말하며 주먹을 허공에 두어 번 내지르고는 쏜살같이 그들을 뒤쫓기 시작했다.

느닷없는 추격을 당하게 된 소년들은 힐끗 뒤를 돌아보았다. 빼빼 마른 계집애 하나가 양갈래로 묶은 머리카락을 휘날리며 쫓아오고 있었다. 녀석들은 저희끼리 눈을 마주치며 찡긋 웃어 보임과 동시에 혀를 쑥 빼 놀리는 표정을 짓곤 속도를 높였다.

철봉과 미끄럼틀, 간단한 놀이기구가 배치된 소운동장에서 일대 추격전이 벌어졌다.

군데군데 무리지어 놀고 있던 아이들이 일제히 쫓고 쫓기는 세 명에게 시선을 집중했다.

"좀 더 힘 내. 따라잡을 수 있어!"

"까짓 계집애 하나쯤 문제없어. 따돌려 버려."

여자아이들의 응원소리에 이어 남자아이들의 응원도 만만치 않았다.

소운동장은 완전히 여남(남녀라고 쓰지 않은 이유를 곧 알게 될 것이다.)의 성 대결장이 되어 버렸다.

"와, 미영이 잘한다. 역시 우리반 육상부답다."

달리는 세 아이의 얼굴은 땀으로 뒤범벅됐다. 남자애 하나는 키도 크고 다리도 길어 성큼성큼 잘 달렸지만 뒤에 달리는 아이는 키도 작고 체구도 호리호리했다.

두 소년의 간격은 점점 벌어졌고, 뒤에 처진 남자아이와 미영의 사이는 점점 좁혀졌다.

뒤처져 달리던 남자아이의 속력이 점점 떨어지더니 더 이상 달리지 못하고 급기야 털썩 바닥에 주저앉고 말았다.

어느새 뒤따라온 미영이 그 위를 덮친 것은 눈 깜짝할 사이였다. 남자애는 운동장 바닥에 쓰러졌고, 미영은 그 위에 올라타더니 씨근거리며 숨을 내쉬었다.

"야, 너 사과해! 사과하란 말이야!"

"……."

숨이 턱까지 차오른 남자아이는 가슴이 들썩이도록 가쁜 숨을 몰아쉬었다.

"빨리 사과 못해?"

아이들이 흥미진진한 표정을 지으며 몰려들었다. 순간 미영의 밑에 깔린 사내아이의 얼굴에 수치감이 스쳤다. 아이는 잠깐 갈등하는 듯했다.

(이까짓 계집애 하나 상대 못할까봐? 한번 붙어봐?)

이렇게 생각하자 갑자기 가슴 아래에서부터 용기가 치솟았다.

(그러다 얻어터지기라도 하면…….)

괜한 걱정이 들었다. 아이는 머릿속으로 통박을 굴려 휴전 전략을 세웠다.

"야야, 우선 네 큰 엉덩이 좀 치워봐!"

아이는 아부 섞인 웃음을 지으며 말했다.

순간 미영의 귓불이 빨갛게 달아오르는 것을 놓치지 않았다.

"우리 이러지 말고 말로 하자. 응?"

부끄러움이라는 여자의 본능을 자극한 것이다.

미영은 얼른 일어나고 싶었다. 하지만 마음 한 켠에 오기가 일어 엉덩이에 더욱 힘을 줬다.

"딴소린 필요 없어. 어서 사과하라니깐."

사태가 호전될 기미가 보이지 않자 남자아이는 겨우 입을 뗐다.

"그래, 좋아. 사과하는 걸로 할게."

"사과하면 했지 하는 걸로 할게는 뭐야."

"알았어. 사과…… 할게…….."

어려운 단어라도 외우듯 남자아이는 어렵게 사과의 말을 내뱉었다. 동시에 등짝 위로 묵직하게 느껴졌던 무게가 홀가분해졌다.

미영은 가볍게 일어나 뒤로 휙 돌아서선 자신의 지지자들을 향해 손가락으로 V 자를 그려 보였다. 승리감에 도취된 표정으로.

여자아이들에 둘러싸여 (실제론 다른 여자애들이 더욱 어깨에 힘을 주고 의기양양해했다.) 씩씩하게 걸어가던 미영이 갑자기 걸음을 멈추고 돌아섰다. 그리고 여전히 땅바닥에 주저앉은 채 남자아이들의 동정어린 시선을 받고 있던 아이를 향해 물었다.

"너 몇 학년이니?"

"4학년."

(난 또 3학년쯤 된 줄 알았네. 4학년이라니 좀 덜 미안하네.)

"이름이 뭐야?"

미영의 목소린 어느새 부드러워져 있었다. 남자아이가 떨떠름한 표정을 짓더니 곧 '뭐 어때서'라는 표정으로 바뀌었다.

"김영민……."

"그래, 다음에 또 보자."

미영은 그렇게 돌아서서 가방을 들곤 교문으로 향했다.

미영이 다음에 또 보자 했지만 어찌된 일인지 그 후로 두 아이는 다시 만나지 못했다. (영민에게는) 천만 다행히도 5학년과 6학년 때도 미영과 영민은 같은 반이 되지 않았고, 운동장이나 복도에서 한 번쯤 마주칠 법도 한데 졸업을 하도록 그런 일은 생기지 않았다. 어쩌다 미영이 영민과 비슷한 남자애를 발견하고 가까이 가보면 어느새 연기처럼 감쪽같이 사라져 버린 뒤였으니까.

그 후로 미영은 영민을 까맣게 잊어버렸다.

중학교 교복을 입으면서 초등학교 때와 같은 말괄량이 기질은 줄어들었지만 외향적인 성격의 미영은 여전히 인기가 많았다.

가슴이 부풀어 오르고 허리가 잘록해질 즈음에는 곧잘 얼굴도 붉히고 수줍어할 줄도 알게 되었다.

미영이 세칭 2류대학 영문과에 무난히 합격하고 꿈에 부푼 캠퍼스 생활을 시작했을 때는 모든 남자들의 선망을 받는 '귀여운

여인'이 되어 있었다. 미영이 영민을 다시 만난 것도 그즈음이다. 흐드러지게 핀 개나리가 캠퍼스를 노랗게 뒤덮은 어느 봄날, 소운 동장 사건이 있은 지 꼭 9년 만의 일이었다.

2부

한 남자
한 여자

결혼은 달콤한 환상?
함께 화음을 맞춰 노래를 부르듯
나를 버리고 그를 내 안에 채워 넣으리.
전화기를 통해 들려오는
'아이 러브 유'라는 말에
눈물이 왈칵 쏟아지는 마음

　　　　　카페 안은 무척 시끄러웠다. 하드
록 음악이 귀청을 찢을 듯 울려댔지만 모두들 무감각해 보였다.

영민은 아까부터 무언가 혼자 중얼거리고 있었다. 이럴 땐 시끄
러운 음악이 오히려 다행이라고 생각하며.

"미영이 오늘 널 보자고 한 건……, 다른 게 아니라 지난 한 달
간 잠도 못 자고 곰곰이 생각한 끝에 결정한 건데……."

영민은 말을 끊고는 헛기침을 해서 목소릴 가다듬었다. 약간 곱
슬진 머리에 테가 검은 안경을 낀 폼이 어딘지 모르게 지적이고
착실해 보였다.

"물론 미영이 네가 싫으면 거절할 수도 있어……. 세상에 나보다 돈 많고 잘생긴 남자는 얼마든지 많으니까……. 나야 뭐, 미영이 너도 알다시피 지금은 겨우 출판사 말단직원이니까. 하지만, 몇 년 안에 베스트셀러 작가가 될 자신이 있어. 그러니까 내 말을 진지하게 생각해 주길 바란다."

영민은 주머니에 손을 넣어 손수건을 꺼냈다. 그리곤 안경을 닦은 다음 이마의 땀을 닦더니 다시 진지한 표정으로 말을 이었다.

"우리가 지금까진 그냥 친구로 지내왔지만……, 사실은 대학교 일 학년 첫 영미희곡 시간에 널 다시 봤을 때부터 난…… 널 사랑해 왔어."

영민의 눈에는 피식 웃고 있는 미영의 얼굴이 보이는 듯했다. 영민의 진지한 표정이 우스웠던지 옆자리에 앉은 사람들이 흘깃흘깃 쳐다보며 저희들끼리 수군대고 있었다.

"웃지 마. 진심이야. 미영아, 널 사랑해……. 미영아, 우리…… 결혼하자. 세상 누구보다 행복하게 해 줄게."

영민은 초조한 듯 시계를 들여다보았다. 바늘은 3시 55분을 가리키고 있었다.

토요일인 그날 오전, 영민은 용기를 내 미영에게 전화 걸었다. 그리곤 오후 내내 미영에게 할 말을 적어 교정에 교정을 거듭해 겨우 원고를 완성한 것이다.

　　"쳇, 늦어도 십 분, 이십 분이지 한 시간이나 늦는 게 뭐야."

　　영민은 다시 미영에게 전화 걸었다.

　　"지금 너희 집 근처 카페에 와 있으니 빨리 나와. 뭐? 싫다고? 너 그러다 후회한다."

　　폼과 표정만 봐선 미영이 만나주지 않으면 집으로 쳐들어갈 기세다.

　　어떻게 결말이 났는지 영민은 전화를 끊었다.

　　기다림에 지쳐 영민이 자리에서 일어나려는 순간 미영의 모습이 눈에 들어왔다. 영민이 지금까지 앉아 있던 자리의 건너편 테이블이었다.

　　순간 영민은 갑자기 화가 치밀었다.

　　(한 시간이나 늦어놓곤 저리 천연덕스럽게 앉아 있다니…….)

　　한편으론 반가움이 울컥 솟구쳤다.

　　영민은 미영이 앉아 있는 쪽으로 천천히 걸어갔다. 여느 때처럼 밝고 활달한 모습의 내 천사 미영이 거기 앉아 있었다.

영민은 아무 말 없이 미영의 앞자리에 앉았다.

"한동안 못 봤더니 매너가 영 글러먹었군, 숙녀보다 늦게 오고 말이야!"

늘 그렇듯 영민은 오늘도 미영에게 기선을 제압당했다. 농담처럼 쏘아붙였지만 미영의 눈매는 웃고 있었다. 그 눈을 보고 있으면 영민은 이유 없이 눈물이 솟아올랐다. 사랑이란 감정이 차오르다 못해 넘치며 괜히 짜릿한 전율마저 느껴지는 것이다. 그런 감정이 몸을 스치고 나면 왠지 콧등이 시큰거리며 눈이 촉촉하게 젖어들곤 했다.

"세 시에 보기로 했잖아."

영민은 겨우 이렇게 말했다.

"무슨 소리? 난 네 시로 들었는데."

"아니, 내가 세 시라 그랬잖아."

"난 분명 네 시로 들었다니까."

미영의 목소리가 점차 높아지더니 완강해졌다.

"세 시였다니까."

영민의 목소린 여전히 낮고 조용했지만 얼굴은 붉게 상기되어 있었다. 무언가 그의 목소릴 누르는 대신 얼굴이 닳아오르도록 한 것처럼.

"분명 네 시였다니깐."

미영은 마치 싸울 듯한 기세였다.

영민은 계속 고집 부려봐야 손해라고 생각해 양보하기로 했다.
내심 억울하긴 했지만.

"그래, 네 시였다고 치자."

"네 시면 네 시지 네 시였다고 치자는 건 뭐야!"

영민의 양보투에 자존심이 상한 미영이 발끈했다.

"영민 씬 항상 자기만 옳은 줄 알고 남의 말은 무시하는 경향이
있는데 그건 사회생활 하는 데 있어서 꼭 고쳐야 할 점이야."

영민의 얼굴이 일그러졌다.

(어휴, 저걸! 왜 나는 만날 당하기만 하지. 쟨 왜 저렇게 고집이 셀까.
막내딸이라고 너무 오냐오냐 하는 부모 밑에서 자라서 그래. 선배들 얘기가
고집 센 여자와 결혼하면 평생 고생이라 했는데, 아무래도 다시 생각해 봐
야겠어.)

갑자기 톡 소는 목소리가 영민의 생각을 뚫고 들어왔다.

"뭐 마실 거냐니깐."

곱지 않은 말투로 보아 두 번 정도는 물어본 듯하다.

알바생이 주문을 받으러 온지도 모르고 있었다.

"음, 난 커피."

"커피 하나, 유자차 하나요."

미영이 돌아가는 알바생의 뒷모습을 보다가 눈길을 돌려 물었다.

"그래, 할 얘기라는 게 뭐야? 중요한 얘기라면서."

"음……, 그러니까 그게 무슨 말이야 하면……."

여지없이 미영의 목소리가 그 사이를 뚫고 들어왔다.

"무슨 얘긴데 그렇게 뜸을 들여. 빨리빨리 얘기해"

미영의 재촉에도 영민은 여전히 말을 꺼내지 못하고 우물쭈물 했다.

(그냥 말해 버릴까? 고집 센 건 결혼해서 내가 길들이면 되는 거고.)

미영은 영민의 표정을 살폈다. 초등학교부터 중학교, 고등학교를 거쳐 대학 생활을 하는 동안 늘 가까이 지내온지라 미영은 영민의 얼굴만 봐도 무슨 생각을 하는지 알 정도였다. 그런데 오늘은 당최 감이 오지 않는다. 지금까지 보아왔던 것과는 달리 사뭇 심각한 표정이 아닌가.

(무슨 얘기기에 저리 안절부절못하지? 역시 내 짐작대로 헤어지자는 얘 길 하려는 건가.)

미영은 애써 태연한 표정을 지었다.

"무슨 얘기든지 해 봐. 난 괜찮으니까."

(아, 저 귀엽고 사랑스럽고, 예쁘고, 깨물어주고 싶고, 얄밉고, 깜찍한 얼굴. 아……, 난 미영이를 사랑해.)

영민은 결심한 듯 심호흡을 크게 한 번 하고는 드디어 입을 열었다.

"미영이 오늘 널 보자고 한 건, 다른 게 아니라……, 지난…… 한 달 동안 잠도 못 자고…… 곰곰이 생각해서 결정한 건데……."

여기까지 얘기해 놓고 영민은 산중턱쯤 올라온 사람처럼 숨이 차서 헉헉거렸다.

순간 미영은 가슴이 덜컥 내려앉았다. 손가락과 발가락 끝의 신경까지 일제히 곤두섰다.

(틀림없어. 헤어지자는 얘기야. 그럴 만도 하지. 그렇게 졸라대도 지금껏 키스 한 번 못하게 했으니. 아까도 내가 너무 고집을 부렸어. 내가 시간을 잘 못 들을 거 같은데……. 할 수 없지. 헤어지자면 헤어지는 거지 뭐. 그런데 어떡하지. 난 영민일 좋아하는데…….)

영민은 아까 연습했던 것보다 더 더듬거리며 말을 이어갔다.

"나야 뭐, 미영이 너도 알다시피 지금은 겨우 출판사 말단 직원이고, 세상엔 나보다 돈 많고 잘생긴 남자들은 얼마든지 있잖아……."

(치사한 자식, 날 어떻게 보고 저런 상투적인 얘길 하는 거야. 내가 돈 많

고 잘생긴 남자나 따라다니는 속물인 줄 아나.)

이제 영민의 얼굴은 심각하다 못해 침울해져 있었다.

"그러니까 내 말을 진지하게 듣고 잘 생각해 줬으면 좋겠어."

"그래, 그래 알았어. 생각하고 말 것도 없이 지금 당장 헤어지면 될 거 아냐!"

미영은 참다못해 내뱉고는 순간 아차 싶었다. 주워 담을 수만 있다면 그러고 싶었다.

"……?"

영민은 무슨 영문인 줄 몰라 멀뚱멀뚱해졌고, 미영은 갑자기 자기감정에 빠져 울먹거렸다.

"그래도 난 지금까지 영민이 네가 따뜻하고 이해심 많은 남잔 줄 알고 좋은 친구로 생각했어. 그런데 이제 보니 아주 치사하고 비겁하구나. 내가 싫어졌으면 싫어졌다고 솔직하게 얘기할 일이지. 뭐? 돈 많고 잘생긴 남자 찾아보라고? 세상에 남자가 없어서 너 같은 출판사 말단 직원이나 만나는 줄 알아? 법학과 나와서 이번에 행정고시 붙은 승철이 알지? 오늘도 승철이가 자꾸 만나자는 것도 거절하고 왔는데 뭐?"

그러더니 미영은 갑자기 목에 걸려 있던 목걸이를 풀어 영민에게 던지고는 자리에서 일어났다.

"이깟 이만 원짜리 싸구려 목걸이 사 준 정성을 생각해서 차고 다녔는데 이제 다 필요 없어."

영민은 어안이 벙벙해져서 미영을 바라보았다. 영민이 늘 송아지 눈망울처럼 젖어 있다고 놀리던 미영의 눈이 오늘따라 유난히 젖어보였다.

자리에서 일어난 미영은 카운터로 갔다.

"만이천 원입니다."

그 말에 주머니에서 육천 원을 꺼내 놓고는 "저 사람이 먹은 건 저 사람한테 받으세요."라고 말한 뒤 밖으로 나가 버렸다.

미영이 사라진 문을 바라보며 영민은 절망적인 표정으로 고개를 떨구었다.

생머리 단발머리에 핑크색 스웨터를 입은 여학생을 발견한 영민은 눈이 번쩍 뜨였다.

그녀는 개나리가 활짝 핀 캠퍼스를 날아다니는 요정 같았다. 역시 대학이란 곳을 한 번쯤 가볼 만하다고 하는 데는 이런 이유가 있었구나 싶었다.

영민은 황급히 그 여학생 뒤를 따라갔다.

"저 문리대 건물이 어딘가요?"

"저도 그쪽으로 가는 길이에요."

영민은 '일이 잘 풀리는군' 하며 내심 쾌재를 불렀다. 여학생을 따라가던 영민은 그녀가 301호 강의실로 들어가는 것을 보고는 웬 떡이냐 싶었다. 행운의 여신이 내게 윙크를 했도다. 영민은 자연스럽게 301호 강의실로 들어갔다.

입학 후 첫 '영미희곡' 강의실에는 낯선 얼굴들이 가득했다. 교양선택 과목인지라 여러 과 학생들이 뒤죽박죽이었다.

영민은 예의 그 여학생을 비스듬히 볼 수 있는 뒷자리에 자릴 잡았다. 오전의 햇살의 그녀의 머리카락 위에 빛을 뿌리며 흩어졌다. 눈이 부실 만큼 예뻤다.

하지만 영민은 안타깝게도 일주일에 한 번뿐인 소중한 만남을 허비하며 한 달이라는 아까운 시간을 보냈다. 하지만 한 달이 지나고부터는 우연한 만남을 자주 만들어 그녀에게 자신의 존재를 인식시키려고 노력했다.

영민이 드디어 그녀와 단 둘이 만남을 갖게 된 것은 중간고사를 앞둔 어느 날.

계획적으로 도서관 그녀의 옆자리에 앉은 것이다. 그리고 영문

과에서 가장 공부를 잘하는 녀석의 노트를 미리 복사해 미끼를 던질 기회를 노렸다. 예상대로 그녀는 교수님 노트보다 더 자세하고 잘 정리된 그의 복사본에 군침을 삼켰다.

그날 그는 처음으로 그녀와 함께 점심으로 라면을 먹고 커피를 마시는 급진전을 이뤄냈다. 그리고 또 한 가지 까무라칠 만한 사실은, 초등학교 시절 꼬맹이 여걸이 천사가 되어 눈앞에 나타났다는 것이다.

그 후 두 사람은 4년 내내 수업을 함께 들으며 친하게 지냈다. 가까워졌다 멀어지고, 또 다시 가깝게 지냈길 반복했지만 누구도 먼저 '친구'의 틀을 깨트리진 않았다.

미영에게 애인이 생긴 것을 알게 된 날, 영민은 며칠 동안 혼자 술을 퍼마셨지만 여전히 '친구의 모습'을 잃지 않았다. 그리고 미영이 실연을 당해 당했을 땐 따뜻한 상담자가 되어 그녀의 아픔을 나눠 갖기도 했다.

영민은 졸업과 동시에 군대에 갔고, 미영은 무역회사에 입사해 두 사람은 또 다시 서로를 잊고 지냈다. 그러나 끈질긴 인연으로 두 사람은 재회했고, 각기 마음속으로 사랑을 앓아왔다.

3부

환상의
세레나데

사랑은
의혹의 마음과 확인 작업 그 연속과 반복.
질투하고 소유하고 미워했다가도
다시 용서하는 마음.
떠도는 말들, 남의 시선에도 쉽게 상처받는
여린 속살 깊은 것.
그대를 생각하며 흘리는 눈물만큼이나
깊어져 가는 사랑.

벌써 몇 번째 영민은 약국 앞을 왔다 갔다 하고 있다. 약사 혼자 남게 되길 기다렸으나 한 사람이 나갔다 싶으면 곧 다른 사람이 들어가 도무지 기회를 잡기가 어려웠다.

결국 머리를 썼다. 마스크를 끼고 선글라스까지 썼다. 캄캄한 밤중에 선글라스라니! 스스로 생각해도 우스웠지만 그만큼 철저해야 하는 일이다.

익명성이 보장돼야 하고 사생활이 보호받아야 하니 어쩔 수 없다. 흰 가운을 입은 중년의 약사가 영민을 맞았다.

"어서 오세요."

인사를 하는가 싶더니 보자마자 알았다는 듯 지레 다음 말을 잇는다.

"감기가 드셨군요. 이번 감기는 아주 지독해요."

그 말에 영민이 고개를 가로저었다.

"아…… 니……, 요……."

하지만 마스크를 통해 나온 목소리는 진짜 감기 환자처럼 쉿소리가 섞여 있었다.

약사는 재빨리 약병 하나를 꺼내 내밀었다.

"이걸 드세요. 요즘 유행하는 감기에 잘 들어요."

힘겹게 입을 열었건만 더듬대느라 말이 제대로 나오지 않았다.

"아니……, 이게 아니라, 코, 코, 콘……"

"아, 콘택600 말씀하시는구나."

그러더니 약사는 캡슐형 감기약을 꺼내 봉지에 싸서 내주었다.

영민은 머뭇머뭇 약값을 지불하고는 돌아서 나오려다가 깜빡 잊었다는 듯 돌아서며 너털웃음을 터뜨렸다.

"아, 깜빡 잊을 뻔했네. 칠칠치 못한 자식. 그런 건 미리 준비를 해 왔어야지."

약사는 무슨 일인가 싶어 눈을 껌뻑거렸다. 영민은 괜히 너스레를 떨며 말했다.

"제 친구 녀석이 여기 해운대로 신혼여행을 왔는데 꼭 부탁할 일이 있다고 갑자기 절 불러내더니 글쎄……, 하하핫, 전쟁터에 나가는 녀석이 총도 안 갖고 나가나, 하핫."

영민의 표정이 중대한 결심으로 일그러지듯 하더니 또다시 헤 벌쭉 풀어졌다.

"집을 장만할 때까지는 아이를 갖지 않겠다나요. 하하하."

약사는 벙찐 표정으로 별 싱거운 사람 다보겠다는 듯한 표정을 지었다.

그 순간 영민의 표정이 바뀌더니 약사의 귀에 얼굴을 바짝 갖 다대고 말했다.

"콘돔 하나 주세요."

딴에는 제법 용기를 내어 한 말인데 약사는 마치 소화제나 감 기약 내주듯 아무렇지 않게 콘돔을 꺼내 건네주었다. 괜히 주눅이 들었나 싶어 영민의 얼굴이 화끈 달아올랐다.

도망치듯 약국을 빠져나온 영민은 호텔을 향해 걸었다. 찝찔한 바닷바람이 코끝에 닿아도 전혀 싫지 않았다.

"아, 일생일대 단 한 번인 이 역사적인 밤을 역사에 기록되도록 하려면 어떻게 해야 하지?"

영민은 야호! 야호! 소리라도 지르고 싶었다. 그도 그럴 것이 지난 24시간이 마치 1년이라도 되는 듯 길게 느껴졌다.

십 년 찍은 나무도 도끼가 시원찮으면 안 넘어간다는데, 드디어 미영이 내 신부가 된다. 그 생각에 흥분이 되어 지난밤을 잠 못 이룬 것이다.

결혼식장에서 눈꽃처럼 하얀 웨딩드레스를 입은 미영이 입장했을 때 둘의 거리가 왜 그리도 멀게만 느껴지던지. 갑자기 누군가 뛰어 들어와 영화 〈졸업〉의 한 장면처럼 미영을 채 갈 것만 같았다.

그러나 이젠 끝났다. 열한 살 때 운동장에서 너에게 보기 좋게 당한 이후 15년 만에 설욕할 기회가 왔다. 기다려라, 미영아! 김영민이 간다.

영민은 곧장 편의점으로 들어가 와인을 한 병을 집었다.

그리고 또 뭐가 좋을까……. 경건하고 분위기 있는 첫날밤을 위해 양초? 아니, 양초는 너무 유치하다. 그때 마침 꽃가게가 눈에 들어왔다. 그래, 저거다.

장미 꽃다발을 한 아름 안고 나왔을 땐 세상이 온통 황홀한 장미빛으로 물들어 있었다.

영민이 호텔 로비로 들어섰을 땐 엘리베이터 문이 막 닫히려는 순간이었다.

"잠깐만요!"

영민은 후다닥 달려가 막 닫히려는 엘리베이터 안에 몸을 들여 놓았다.

"셰이프!"

그러고는 혼자 민망해하며 고개를 숙였다.

(이 정도는 기본이지, 출근할 때마다 하는 거니까.)

엘리베이터 안에는 한 쌍의 남녀가 타고 있었다.

고개를 돌린 영민은 남자와 얼핏 시선이 마주치자 미소를 지어 보였다. 남자도 웃어 보이긴 했지만 어딘지 모르게 어색했다.

(짜식, 왜 저렇게 뭐가 마려운 표정인 거야?)

영민이 여자 쪽을 흘끔 훔쳐보자 여자는 아예 고개를 돌려 버렸다.

여자가 훨씬 나이가 들어 보였다. '저 자식은 어디가 모자란 거야? 아니면 여자가 돈이 많아서?' 별별 생각을 다하며 영민은 올라가는 숫자를 바라보았다.

기분이 들뜬 영민은 지나가는 강아지에게도 인사를 하고 싶을 정도였다.

"신혼여행 오셨습니까?"

"아, 예……, 예……."

사내는 말끝을 흐리며 급히 고개를 돌렸다.

"축하합니다. 저도 오늘 신혼여행 왔습니다."

그러더니 느닷없이 남자에게 귓속말로 소곤거렸다.

"신부께선 부끄럼이 많으신 모양이군요."

"아……, 예."

남자는 웃음기가 가신 얼굴을 완전히 돌려 버렸다.

영민은 남녀가 모두 시선을 피하는 것이 그저 이상하기만 했다.

7층.

드디어 엘리베이터 문이 열렸다. 영민은 여전히 이해할 수 없다는 듯 고개를 갸우뚱거리며 엘리베이터에서 내렸다.

이제 다 왔다. 나의 신부가 기다리는 곳. 장미꽃 다발을 든 채 영민은 콧노래를 흥얼거렸다.

707호. 딩동! 차임벨 소리조차 달콤했다. 영민은 문에 기대어 눈을 감았다.

조용히 문이 열렸다. 영민은 재빨리 꽃다발 뒤로 얼굴을 숨겼다. 그리곤 조금씩 고개를 빼 미영의 황홀한 모습을 눈길로 더듬었다.

미영이 입고 있는 하늘하늘한 핑크빛 잠옷 사이로 속살이 비쳐 보였다. 순간 뒤통수를 얻어맞은 듯 땅한 현기증이 밀려왔다. 하지만 이 순간을 세련되고 부드럽게 넘겨야 한다고 마음먹은 영민은 천천히 안으로 발을 들여놓았다.

탁자 위엔 촛불이 켜져 있고 감미로운 음악이 흐르고 있었다. 방에 들어선 영민은 미영에게 먼저 꽃다발을 안긴 뒤 신부를 두 팔로 번쩍 들어선 침대로 향했다. 미영은 수줍은 듯 눈을 반쯤 감았다.

영민은 미영을 살포시 침대에 눕히곤 영화의 한 장면처럼 폼을 잡았다.

"사랑해, 미영."

미영도 영민의 목을 양팔로 껴안으며 말했다.

"사랑해, 영민 씨."

둘은 환상적인 키스를 했다.

영민은 지그시 눈을 감은 채 입술에 손을 대보았다. 미영의 감촉이 남아 있는 듯했다.

문에 몸을 기댄 채 영민은 문이 열리기를 기다렸다. 즐거운 상

상이 현실이 되기를 기대하며. 그러나 문은 좀처럼 열릴 기색이
보이지 않았다.

방 안에서는 미영이 전화를 걸고 있었다. 영민이 기대하는 핑크
빛 잠옷은커녕 결혼식 날 입은 예복 차림 그대로였다.

"엄마, 나 지금이라도 서울 올라갈까봐. 아니, 아무 일도 없었
어. 그냥 기분이 이상해. 무섭기도 하고 집 생각도 나고. 나 괜히
결혼했나봐. 어디긴 어디야 호텔방이지. 아니, 나 혼자 있어. 김 서
방? 영민 씨 말이야? 김 서방이 뭐야, 징그럽게. 뭘 빠뜨린 게 있는
지 트렁크를 한 시간도 넘게 뒤적거리다가 나갔어. 몰라, 뭘 빠뜨
렸는지."

그때 딩동, 다시 한 번 차임벨이 울렸다. 그러나 미영은 문을 열
생각은 하지도 않고 계속 전화통에만 매달렸다.

"아마 영민 씰 거야. 싫어. 문 안 열어줄래. 엄마도 그랬어? 엄
마, 나 없더라도 오래오래 행복하게 살아야 돼."

미영은 눈물을 찔끔거리다가 다시 신경질적인 투로 말했다.

"전화비 내가 내는데 엄마가 왜 걱정이야. 그래, 알았어, 끊으면

되잖아."

그리곤 문 앞으로 다가갔다.

"누구세요?"

"나야."

영민은 반쯤 콧노래가 섞인 목소리로 대답했다. 그러나 방 안에
선 이렇다 저렇다 대꾸는커녕 문을 여는 기척조차 없었다. 영민이
도어락을 비틀어 보았지만 열릴 리 만무했다.

"뭐해, 빨리 문 열지 않고."

"안 돼."

영민은 알겠다는 듯 씩 웃으며 구멍 틈으로 안을 살폈다.

"속옷 차림이라 부끄러워서 그렇구나, 괜찮아, 빨리 열어."

"안 된다니까."

"우린 이제 부부 사인데 뭘 부끄러워하고 그래."

영민은 잠시 생각하는 듯하다가 은밀한 목소리로 말했다.

"그것 때문이라면 걱정 마. 내가 준비해 왔으니까."

"영민 씨, 미안하지만 오늘은 다른 데 가서 잘래?"

"뭐?"

영민이 깜짝 놀라 소리쳤다.

"화내지 마. 혼자 있고 싶어서 그래."

"그…… 그런 법이 어딨어! 혼자 있고 싶으면 뭐 하러 결혼한 건데!"

"왜 자꾸 소릴 지르고 야단이야."

영민은 다시 부드럽게 목소리를 바꿔 달랬다.

"미영아, 네 기분 이해할 수 있어. 나도 너처럼 두렵고 떨리긴 마찬가지야. 그렇지만 걱정 마. 나, 잘…… 잘할 수 있어. 영화에서 본 것처럼 하면 될 거야."

두 사람은 문을 사이에 두고 서로의 생각을 전달했다.

잠시 침묵.

아무런 기척이 없자 영민은 미영이 괜히 빼는 것이라 여겨 짐짓 어깨를 펴고 말했다.

"아무튼 오늘은 안 돼. 다른 데 가서 자."

그 후에도 영민은 몇 번을 애원하고 어르고 협박까지 해봤지만 미영은 끝내 문을 열어주지 않았다.

할 수 없이 영민은 꽃다발을 문 앞에 놓고는 다시 밖으로 나왔다. 축축한 밤공기가 얼굴에 확 와 닿았다.

해변에 이르니 몇 쌍의 신혼부부들이 산책을 나온 모습이 보였다. 그들은 손을 잡고 노래를 부르며 걷거나 플래시를 터뜨리며 둘만의 시간을 만끽하고 있었다. 어두워 잘 보이지 않는 곳에는 서로를 꼭 껴안은 커플의 모습이 보였다.

"빌어먹을. 이게 뭐람."

다시 호텔로 어슬렁거리며 돌아오던 영민은 전화를 꺼내들었다. 서울에 있는 장모에게 전활 걸어 딸자식을 왜 그리 키웠냐고 화풀이라도 할 참이었다. 그러나 막상 장모의 목소리를 듣자 "별일은요. 그, 그냥 안부 전화 드린 겁니다. 아닙니다. 밖이에요. 그, 그게, 문을 안, 안 열어줘서요."라고 얼버무린 채 끊고 말았다.

영민이 터덜터덜 대며 호텔 방문 앞까지 오니 미영은 문을 열어놓은 채 서성이고 있었다.

"엄마가 전화하셨어."

그뿐이었다. 이날을 위해 수없이 많은 날을 상상해 온 달콤함이라곤 온 데 간 데 없이.

그날 밤, 미영은 혼자 침대 위에 누웠고 영민은 저만치 떨어진 소파에 시트를 둘둘 감고 누웠다.

창 밖에서 이따금 파도소리가 들려올 뿐 주위는 고요했다. 창문 사이로 푸른 달빛이 들어와 방 안을 부드럽게 비춰줄 뿐이었다.

영민은 잠을 이루지 못하고 뒤척였다. 슬그머니 일어나 살금살금 침대로 다가가려는 순간 미영의 목소리가 들렸다.

"영민 씨, 자?"

그 소리에 영민은 잽싸게 굴러 제자리로 돌아왔다.

"거기 춥지?"

"응."

영민은 최대한 동정심을 유발하기 위해 목소리를 꾸몄다.

"침대로 와서 자."

영민의 눈이 번쩍 뜨였다.

"그 대신 잠만 자기야."

"응."

마음 같아선 후닥닥 침대 속으로 뛰어들고 싶었지만 애써 마음을 억누른 채 천천히 다가가 미영의 옆에 누웠다. 미영의 살이 부드럽게 스치는 순간 숨이 멎을 듯하고 가슴이 떨렸다. 그러나 어찌하랴. 협상은 협상인데.

어색하게 서로 등을 맞댄 채 뒤척거리는데 미영이 먼저 입을 열었다.

"영민 씨, 자?"

"아……니."

"영민 씨, 그냥…… 잘 거야?"

말이 떨어지기 무섭게 영민은 몸을 확 돌려 미영의 얼굴, 팔, 다리에 키스를 퍼부었다. 마치 배고픈 아이가 소나기밥을 먹듯. 미영은 간지러워 까르르거리며 시트 속으로 숨어 버렸다.

영민도 따라 들어가며 미영을 간지럽혔다.

두 사람은 숨바꼭질하듯 붙잡고 도망치며 웃어댔다. 미영을 더
듬던 영민의 표정이 갑자기 일그러뜨리더니 자리에서 벌떡 일어
섰다.

"영민 씨, 왜 그래?"

그 말에 영민은 아무 대답도 없이 욕실로 들어갔다.

출판사 '문예사'로 통하는 계단과 복도는 온통 책으로 쌓여 있
었다. 널려 있는 원고더미로 인해 빈 공간이라곤 겨우 노트를 양쪽
으로 펼친 만큼 남는 책상 앞에서 영민은 열심히 원고 정리를 하
고 있었다. 그러다가 코를 자극하는 냄새를 깨닫곤 고개를 들었다.

"아차차, 내 정신 좀 봐. 점심 시간이지."

동료들은 이미 점심을 먹으러 나간 지 꽤 된 듯 싶었다. 영민은
기지개를 켠 뒤 도시락을 열었다. 도시락 뚜껑을 열자 밥에서 김
이 모락모락 솟아올랐다.

반찬통에는 달걀말이와 햄, 장아찌가 오밀조밀 담겨 있고, 밥

위에는 콩자반을 일일이 박아 I LOVE YOU라고 새긴 글자가 박혀 있었다.

영민은 젓가락을 집을 생각도 잊은 채 도시락을 멀뚱히 바라보았다. 콧날이 시큰해져 왔다.

"사랑해, 미영."

감미롭게 속삭이고는 막 한 술 뜨려는데 출입문이 열리며 동료 세 사람이 우르르 들어섰다.

"그 집 김치찌개 영 글렀다. 무슨 놈의 양파를 그래 억수로 집어넣어가꼬. 그게 양파찌개지 어디 김치찌개가. 김치찌개라 카는 건 시터진 김장김치에 굵은 멸치만 넣고 팔팔 끓여야 시원한기 제 맛인기라."

갑자기 사무실 안이 시끄러워졌다. 구문갑은 돈키호테라는 별명답게 괄괄하고 앞뒤 안 가리는 성격으로 늘 다른 사람들을 즐겁게 해 주는 사람이었다.

"그래도 설렁탕 맛은 구수하던데."

왜소한 체구에 두툼한 안경을 낀 서가 느릿한 말투로 토를 달았다.

"하이고, 구수해? 멀건 쌀뜨물에 조미료만 쏟아 부은 국물이 무시로 구수해? 내일부터 딴 집을 개발해야제, 이거 묵자고 하는 일인데.”

이럴 땐 모른 척하는 게 상책이다 싶어 묵묵히 도시락을 먹고 있는데 박광수가 참견을 한다.

“영민 씨가 제일 실속 있어. 나도 내일부터는 도시락을 싸갖고 다녀야겠는데.”

“신혼이니까 저렇게 해 주지 우리 같은 고물들한테 어느 마누라가 새벽잠 설치고 도시락 싸주겠어. 아침밥도 못 얻어먹고 나오는 판에.”

그 말에 돈키호테가 영민에게 다가서며 말했다.

“어디, 새신랑 도시락 검사 한번 해 볼까?”

영민은 순간적으로 도시락을 슬쩍 가렸다. 하지만 짓궂은 동료들은 멈추지 않았다.

“하이고, 맛있는 거 골고루도 쌌네. 새색시한테 몸과 마음으로 잘해 주는 모양이제?”

그러다가 밥 위에 새겨진 글자를 발견했다. 그러나 O자 윗부분의 콩자반이 빠져버려 I LUVE YOU처럼 되어 있었다.

“이게 뭐꼬? 숫자도 아니고, 아이 루……부……요? 아이 루부 유?”

돈키호테가 떠벌리는 통에 궁금해진 두 사람이 영민 주위로 몰려들었고, 영민은 얼굴이 새빨개졌다.

"이거 아이 러브 유야, 아이 러브 유."

영민을 제외한 세 사람 모두 재미있다는 듯이 웃음을 터뜨렸다.

"하이고, 요즘 젊은 사람들 남사시럽지도 않나. 내사 닭살이 다 솟을려구 하네."

마침 그때 편집장과 최승희가 들어왔다.

"이 사무실엔 벌써 봄바람이 불었나. 웬 웃음꽃이 이렇게 활짝 폈어."

최승희가 육감적인 몸매를 흔들며 그들 사이로 끼어들었다. 시인이기도 한 그녀는 시원하고 개방적인 사고를 가진 여자였다.

"최 작가, 마침 잘 왔어. 이리 와서 이것 좀 보소."

순간 영민은 얼른 도시락통을 닫아 서랍 속에 넣었다.

최승희가 영민에게 다가왔다.

"참, 영민 씨 축하해. 읽어봤는데 굉장히 독특한 소설이던데."

축하한다며 편집장도 악수를 청했다.

"무슨 일입니껴?"

"아직 몰랐어요? 김영민 씨 소설이 이번 〈순수문학〉 지에서 추천 받았잖아요."

"야, 그럼 이젠 정식 작가선생이로구만."

"그런데도 시치미 뚝 떼고 커피 한 잔 없었어?"

"이건 그냥 넘어가선 안 된데이. 결혼한 지 두 달이 넘었는데 아직 집들이도 안 하고 말야야."

"나도 와이프 얼굴 한번 보고 싶어. 영화배우 나윤희 닮았다면서?"

점점 분위기가 무르익어갔다.

"그럼 잘됐네. 겸사겸사 아이 루부 유도 볼 겸 오늘 당장 집들이 하지 뭐. 편집장님 오늘 시간 어떠신교?"

"난 별 약속 없는데……."

편집장은 뜨뜨미지근하게 말했다.

구문갑은 동료들을 향해 바람을 잡기 시작했다.

"박 형은 어때?"

"괜찮아."

"서 형은?"

"나도 별일 없어……. 그런데 갑자기 준비가 될까?

다른 사람들은 눈곱만큼의 예의라도 있어 머뭇거리는데 돈키호테만은 앞뒤 안 가리고 밀어붙였다.

"준비는 무신 준비, 중국요리 몇 접시 시켜서 빼갈이나 마시면 되지. 김 형, 어째, 오늘 좋제?"

영민은 애매하게 "예, 예⋯⋯." 하며 말꼬리를 흐렸다.

"뭐 싫으면 싫다꼬 얘기해."

"아⋯⋯니 좋습니다."

대답은 그렇게 했지만 영민은 난감했다.

미영은 며칠 전부터 영화를 보자고 조르고 있었다. 몇 번을 핑계를 대고 미루다가 오늘 아침 약속을 해버렸는데⋯⋯.

영민은 지하 카페로 내려가 아는 얼굴이 없음을 확인하곤 미영의 번호로 전화를 걸었다.

"여보세요."

사랑스런 미영의 목소리가 나왔다.

"나야."

"영민 씨야? 점심 어땠어?"

"응, 맛있게 먹었어."

"이따 몇 시까지 나갈까? 4회가 여섯 시에 시작이니까 다섯 시 반까지 가면 되지?"

"⋯⋯."

"영화 보고 나서 뭐 사줄 거야?"

새초롬하게 토라진 미영의 얼굴이 떠올랐다.

"사랑해, 미영."

"뭐 사줄 거냐고 묻는데 갑자기 왜 그래?"

"오……늘 저녁에 회사 사람들 우리 집에 가기로 했어. 집들이. 사랑해, 미영."

"말도 안 돼! 열흘 전부터 약속한 건데."

"미안해. 일이 그렇게 됐어."

"난 몰라! 갑자기 어떻게 준비하라고."

"준비는 뭐 그냥 중국집에서 요리 몇 개 주문하고……."

그때 마침 카페 안으로 들어오던 편집장과 최승희 씨와 눈이 마주쳤다.

"누군데 그렇게 쩔쩔매요? 아, 알았다, 마나님?"

두 사람은 영민과 가까운 테이블에 앉았다. 돌연 영민의 목소리가 돌변했다.

"시간이 없긴 뭐가 없어! 지금 당장 시장 가면 되잖아. 갈비찜 좀 하고, 잡채 볶고, 회 좀 뜨고, 전 몇 가지 부치고. 매운탕이나 시원하게 끓여놓으면 되지. 일곱 시까지 갈 테니 준비 잘해놔. 알았지!"

영민은 짐짓 두 사람에게 들으라는 듯 일부러 큰소리로 말하곤 전화를 끊었다.

전철이 지나는 변두리 동네골목엔 아이들 노는 소리가 가득했다. 머리를 맞댄 낮은 지붕들 위로 저녁 햇살이 물들고 있었다.

미영은 종종걸음으로 대문을 나와 슈퍼마켓으로 달려갔다. 인심이 후하지도 야박스럽지도 않은 주인아주머니가 미영을 맞았다.

"그래, 음식 준비는 다 됐어?"

"네, 그럭저럭요. 주인집 아주머니가 도와주셔서요."

"하여간 남자들이란 음식이 무슨 도깨비 방망이 뚝딱 두드리면 쏟아져 나오는 줄 아는 모양이야."

"술 좀 주세요."

"참, 술을 준비 못했구먼."

주인 여자는 흘깃 미영의 눈치를 살핀 뒤 은근한 투로 말했다.

"양주로 해야지? 썸씽 스페셜로 할까, 패스포트로 할까"

"양주는요, 뭘. 소주 몇 병 주세요."

"아니, 요즘 웬만한 사람이 누가 소주를 마신다고. 더구나 잔치집에서."

다분히 의도적인 말투였지만 미영은 밝게 웃으며 말했다.

"예산을 십만 원 잡았는데요, 물가가 얼마나 올랐는지 음식 준비하는 데 이십만 원도 넘게 들었어요."

그때 한 무리의 사람들이 가게 안으로 들어왔다.

"아이, 그냥들 가시자니까요. 저희 집에 필요한 거 아무것도 없어요."

영민의 목소리임을 알아챈 미영이 흠칫 놀랐다.

"그래도 집들이 하는데 빈손으로 갈 수 있나."

"화장지야 듬뿍듬뿍 쓸 것 아닌감? 맞제?"

영민과 미영의 눈이 마주쳤다. 잠시 당황해하던 영민이 미영을 소개했다.

"결혼식 때 봤지. 이 분이 편집장님, 이 분은 시 쓰는 최승희 씨, 여긴 박 선배, 그리고 여긴 서 선배."

다소곳이 고개 숙여 인사하는 미영에게 최승희가 대뜸 악수를 청했다.

"듣던 대로 미인이시군요."

미영은 악수에 응하며 이 여자에게선 다른 피가 흐르는 것 같다는, 이질감 같은 것을 느꼈다.

"새댁, 몇 병이나 할까?"

가게 주인여자가 소주병을 꺼내며 물었다.

"아줌마, 누가 소주 달라고 했어요? 썸씽으로 주세요, 스페샬."

미영은 최승희란 여자의 당당함에 괜히 주눅이 들어 마음 한켠이 불편했다. 그녀에게서 향기 짙은 꽃이 풍기는 위험 같은 것이 느껴졌다.

둘만의 아늑한 성처럼 여겨졌던 신혼집이 외부인의 소란에 젖어가고 있었다. 최승희가 부르는 'love me tender'가 골목 안까지 퍼져나갔다.

"웃겨, 지가 무슨 엘비스 프레슬린 줄 아나."

미영은 주방에서 음식을 준비하며 삐죽거렸다. 한쪽에선 줄창 먹어대고, 또 한쪽에선 계속 음식을 만들어대야 하는 불합리에 분노하면서.

"자, 이제 시간도 늦었는데 그만 일어나지."

"에이, 그냥 갈 순 없죠. 신부 노래는 듣고 가야죠."

이어 돈키호테의 익살스런 목소리가 이어졌다.

"자, 그럼 오늘의 마지막 순서! 콩자반으로 새긴 사랑, 아이 루부 유를 모시겠습니다."

말이 끝나기 무섭게 요란한 박수소리가 들려왔다.

순간 미영은 몹시 당황했다.

"저희 집사람 노래 저도 여태 들어본 적 없는데요. 제가 대신 부르면 안 될까요."

영민의 배려는 단칼에 거절당하고 말았다.

"안 나오면 쳐들어간다. 꿍짜라쿵짜……."

영민은 할 수 없이 자리에서 일어나 주방으로 갔다. 뒷모습만 봐도 미영이 토라져 있음을 알 수 있었다.

영민은 조용히 다가가 미영의 어깨를 살며시 안으며 말했다.

"사랑해, 미영!"

미영은 팔을 홱 뿌리치며 말했다.

"나 영민 씨랑 말 안 해."

"빨리 들어가자."

"힘들어 죽겠는데 노래는 무슨 노래야."

"아무 노래나 하면 되잖아."

방 안에서는 여전히 쿵짜라쿵짜 소리가 흘러나오고 있었다.

영민은 애원조로 말했다.

"한 달 동안 내가 밥하고 설거지 다 할게, 응?"

미영은 결심한 듯 결연한 표정으로 냉장고에서 생달걀을 꺼내 입안에 홀짝 털어넣고는 방으로 향했다.

미영이 방으로 들어서자 요란한 박수가 터져 나왔다. 미영은 화가 났지만 사랑이란 참고 노력하는 것이라 생각하며 애써 웃음을 지었다. 그보단 조금 전 멋들어지게 노래를 부른 최승희의 존재가 더 마음에 걸렸다.

미영은 심호흡을 하고 두 손을 포갠 뒤 노래를 시작했다.

"당신은 모르실 거야, 얼마나 사랑했는지……."

영민은 흐뭇한 미소를 지으며 미영을 바라보았다.

(고마워, 미영. 이 정도 수준이면 들어줄 만한걸.)

"마음이 서글플 때나 외로워 보일 때에는 이름을 불러주세요……."

분위기가 점점 고조되어 고음에 이른 순간 느닷없는 음이탈이 일어났다.

미영의 얼굴은 새빨개졌고, 듣는 사람도 무안해서 당황했다. 미영은 간신히 노래를 마치고 도망치듯 방을 빠져나왔다.

순간 콧등이 시큰해졌다. 노래도 못 부르고 멋도 없는 여자라고 생각할까봐 속이 상했다.

멀리 전철 지나가는 소리만 속상한 마음을 달래줄 뿐이었다.

영민은 동료들을 바래다주고 오겠다고 나가서는 한 시간이 지나도록 돌아오지 않고 있다. 상을 치우면서도 미영은 연신 훌쩍거렸다. 속상하고 창피했다.

"나도 잘할 수 있단 말이야."

미영은 휴지를 한 장 뽑아 코를 풀고는 목청을 가다듬었다. 그리곤 다시 노래를 부르기 시작했다.

"두 눈에 넘쳐흐르는 뜨거운 나의 눈물로 당신의 아픈 마음을……."

문제의 그 소절이 부드럽게 넘어갔다. 어느새 미영의 얼굴에선 눈물기가 가시고 다시 미소가 돌았다.

그때 창문을 똑똑 두드리는 소리가 났다. 그러나 미영은 알아채지 못하고 여전히 노래를 흥얼거리며 상을 닦았다.

또다시 똑똑 노크 소리.

미영이 고개를 들어 창가를 바라본 순간 삐뚤빼뚤하게 쓴 '사랑해, 미영'이라는 글씨와 함께 웃고 있는 영민의 모습이 비쳤다. 유리창에 입김을 불어 쓴 글씨가 지워질세라 영민은 계속해서 입김을 불어대고 있었다.

미영은 코끝이 찡해져 오는 것을 느꼈다. 이런 게 바로 사랑일 거야, 라는 생각과 함께.

사랑이란 퍼주고 퍼주어도 다시 솟는 샘물, 받아도 받아도 채워지지 않는 것, 미워하고 서운하다가도 용서하는 마음이었다. 그리고 애정의 확인 작업, 그 연속과 반복인 것이다.

"문 좀 열어줘, 미영."

"정류장까지만 바래다주고 온다더니 왜 이렇게 늦었어."

미영은 짐짓 새침한 투로 말했다.

"미안해. 자꾸 한 잔만 더 하자는 바람에."

"그 최 누군가 하는 여자도 같이 있었어?"

"응." 하다가 영민은 얼른 "아니."라고 정정했다.

미영은 자존심이 상했다.

"지까짓 게 시인이면 시인이지 꼭 원어로 노랠 해야 해? 그 사람들이 내 흉봤지? 노래 못 부른다고."

"아니, 무슨 소리야. 음식 솜씨도 좋고 상냥하고 예쁘대. 목소리도 꾀꼬리 같다던데."

"흥!"

말은 이렇게 했지만 미영은 이미 화가 풀어져 있었다.

"이거 다 식겠다. 빨리 문 열어줘."

"그게 뭔데?"

"군고구마."

미영은 입술을 삐죽거리면서 영민을 맞아 주었다.

사랑이란 화음을 맞추듯 자신의 개성을 가다듬어 그에게 맞추려 노력하는 것, 나를 비우고 그 자리에 상대를 받아들이는 것, 미세한 떨림으로 서로를 바라보는 관심이다.

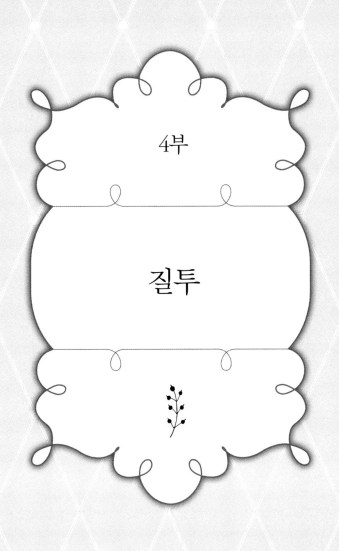

4부

질투

남자의 가슴에 부는 바람은 단순한 성욕일까.
떠나려는 자 떠나게 하고
머물고 싶은 자 머물게 하는 것이 사랑이라면
내 손을 뿌리치고 돌아선
그의 뒷모습에 쓸쓸한 바람이 스친다.

우리 마음속의 악마, 그것은 질투라는 감정으로 나타난다. 그의 마음을 완전히 내 것으로 만들 수 없음을 안타까워하며 스스로 파놓은 상심의 연못에 빠져드는 것처럼.

떠도는 말 한 마디, 다른 사람의 눈길에도 쉽게 상처받기 쉬운 것이 사랑이라면……

책상 앞에 앉은 영민은 한 번도 고개를 들지 않은 채 원고 쓰는 일에만 집중했다. 그 모습을 바라보는 미영은 이유 없이 서운해졌다. 마주보고 얘기라도 나눌 수 있는 주말을 얼마나 기다렸는데.

미영은 조심스럽게 영민을 불렀다. 하지만 그는 왜, 하고 짧게 대답했을 뿐 눈은 여전히 원고에 집중해 있었다.

"영민 씨, 너무 일에만 집중하는 거 같아. 벌써 몇 주째 꼼짝 않고 원고만 쓰고 있잖아. 바람도 좀 쐬고 그래야지."

(치사하게 내 입으로 영화 보러 가자고 할 수도 없고.)

"난 괜찮으니까 내 걱정은 하지 마. 할 만하니까."

(영화 보자는 말이 왜 이렇게 안 떨어지지.)

"영민 씨, 요즘 볼 만한 영화가 많대."

영민은 그제야 고개를 돌려 미영을 바라보았다. 미영은 속마음을 읽힌 것 같아 슬쩍 눈을 피했다.

"미영아, 나 커피 한 잔만 타다 줄래?"

순간 미영은 화가 났다.

"이럴 거였음 뭐 하러 결혼했어. 제대로 챙겨주지도 않으면서."

그제야 영민은 책상에서 몸을 돌려 앉았다. 샐쭉해진 미영의 얼굴을 보고서야 자신이 무심했음을 알아챘다.

결국 둘은 집을 나섰다. 그러나 극장 앞에 꼬리의 꼬리를 물고 늘어선 행렬을 보고 아연했다.

"내가 표 사올 테니 넌 저기 카페에 가 있어."

미영은 창가에 자리를 잡고 앉았다. 눈을 시리게 하는 햇빛이 굴절되어 투시되고 있었다.

커피를 주문했다. 내 손으로 준비하는 것이 아닌 다른 사람의 서비스를 받는다는 것이 얼마나 기분 좋고 여유로운 것인지를 만끽하며.

"오미영 씨 아냐?"

미영은 고개를 들었다. 눈앞에 핸섬한 중년의 사내가 내려다보며 웃고 서 있었다.

"어머, 임 과장님."

"혹시나 했는데 역시나였네. 결혼하더니 더 예뻐졌어."

그러면서 사내는 미영의 앞자리에 앉았다.

"잘 지내시죠? 회사는 어때요?"

"미영 씨 그만두고 나서 재미없지 뭐."

남자의 농담의 미영은 후훗 하고 웃었다.

"모두들 잘 지내시죠?"

"응. 그런데 김 부장이……."

그때 마침 카페 안으로 영민은 둘의 모습을 보고 멈춰 섰다. 잠시 당황하여 주춤거리던 영민은 황급히 밖으로 나갔다.

영민은 무언가에 얻어맞은 듯한 충격을 받았다. 가슴 아래서부터 치밀어오는 무언가가 얼굴까지 화끈거리게 했다.

누굴까. 친척? 친구 오빠? 옛 직장동료? 영민의 머릿속은 몇 가지 가능성을 나열했지만 단 한 가지 가능성은 외면하려 애쓰고 있었다. 그러나 그 마지막 가능성은 튀어나오고 말았다.

옛 애인?

황급히 카페 밖으로 나온 영민은 몸을 숨긴 채 카페 안을 주시했다. 유리창 너머로 다정히 얘기를 나누는 남녀의 모습이 보였다.

영민은 수다스럽게 전화를 걸고 있는 뚱뚱한 사내 뒤로 몸을 숨긴 채 담배를 물었다. 불을 붙이는 손이 덜덜 떨렸다.

미영의 앞에 앉은 사내가 심각하게 무슨 얘기를 했고, 그 말에 미영의 얼굴이 침울해졌다.

영민은 다급하게 담배를 빨았다. 두 사람의 입모양을 뚫어져라 보았다. 무슨 비밀이라도 캐내려는 듯 영민의 머릿속은 그들의 대화 내용을 그리고 있었다.

"나는 아직도 미영일 사랑하고 있어."

"하지만 이젠 어쩔 수 없잖아요. 미안해요."

"아니야, 미영. 사랑이란 결코 미안하단 말을 하는 게 아니야."

미영이 손수건을 꺼내 눈물을 닦았다. 영민의 입은 바짝바짝 타

들어갔다. 그러면서도 영민은 둘에게서 눈을 떼지 않았다. 온갖 의혹과 분노의 감정이 영민을 떨게 했다.

한편 임 과장의 얘길 전해 들은 미영은 하늘이 노래지는 것 같았다. 카페 안에 있는 다른 사람들의 시선은 아랑곳하지 않은 채 미영은 훌쩍거렸다.

"나이 쉰도 안 된 분이 벌써 돌아가시다니……."

"매일같이 술을 먹었으니 간이 견뎌냈겠어. 미영 씨도 잘 알잖아. 김 부장 아침마다 욱욱거리며 헛구역질 했던 거. 그때부터 이상했던 거지."

"저한테 참 잘해 주셨는데……."

사내는 갑자기 화제를 바꾸어 물었다.

"그런데, 누구 기다리는 거야?"

"아, 우리 그이요. 표 사온다고 해서 기다리는데 왜 이렇게 안 오지?"

"휴일이라 사람이 많아서 그럴 거야. 나 먼저 갈게. 반가웠어. 언제 회사 한번 들러."

남자는 일어서서 카페를 나갔다.

영민은 그 남자 앞으로 다가갔다. 사내는 영민의 존재를 전혀 인식하지 못한 채 스쳐 지나가 큰 길을 향해 걸어갔다.

적개심에 가득 찬 표정으로 그를 쏘아보던 영민은 용기를 내 그 남자 뒤를 좇았다. 사내가 주춤할 때마다 영민은 걸음을 멈추고 딴청을 부렸다. 그러다가 그가 다시 걸음을 옮기면 뒤따라갔다. 멀찍이 간격을 두어 따라가던 영민은 기어이 거리를 좁혀 그를 불렀다.

"형씨"

남자가 걸음을 멈추고 뒤돌아보았다.

영민은 사뭇 어깨에 힘을 주고 길을 막아섰다.

"라이터 좀 빌립시다."

사내는 무심코 라이터를 꺼내 영민의 담배에 불을 붙이려 했다. 그 순간 영민은 힐끔 그의 얼굴을 살폈다.

(자식, 얼굴은 제법 생겼군.)

바람 때문인지 불이 잘 붙지 않아 사내는 번번이 헛손질을 했다. 바로 그때 영민은 자신의 주머니에서 라이터를 꺼내 척 하고 담뱃불을 붙였다. 잔뜩 인상을 쓴 채로. 남자는 이상한 사람 다 보겠다는 듯한 표정으로 영민의 얼굴을 쓱 훑고는 가던 길을 가버렸다.

더 이상 뒤따라가기를 포기한 영민은 그 자리에 멍하니 섰다.

혼란과 의혹의 소용돌이에 점점 휘말려 들어가는 듯했다. 일종의 슬픔이거나 우울함 같은 거였다. 대학 시험에 떨어졌을 때도, 군대에서 심한 기합을 받을 때도 이렇게 혼란스럽고 괴롭지는 않았다.

카페에 들어서자 미영이 자리에서 벌떡 일어나 다가왔다.

"왜 이렇게 늦었어?"

"……."

"영화 시작하겠다. 빨리 들어가자."

미영의 손에 이끌려 극장으로 향하는 동안 영민은 한 마디도 하지 않았다. 영화를 보는 내내 카페에서 본 미영과 낯선 사내의 모습이 영민을 괴롭혔다.

한창 영화에 빠져든 미영이 무의식적으로 영민의 팔을 잡자 쌀쌀맞게 뿌리쳤다. 재미있는 장면이 나와 관객들이 모두 웃어도 영민의 표정은 풀어지지 않았다.

미영이 깔깔거리며 영민의 팔을 쳤다.

"왜 사람을 쳐!"

영민이 불쑥 화를 냈다.

"영민 씬 재밌지 않아?"

미영은 눈물까지 찔끔거리며 웃고 있었다.

"참 우습기도 하겠다, 유치하게!"

영화는 다시 비극적인 장면으로 옮겨갔고, 관객들은 조용해졌다. 눈물을 훌쩍이는 사람들도 있었다. 미영도 눈물을 흘리고 있었다.

(저렇게 가증스러울 수가. 시침을 뚝 떼고 있다니.)

미영을 바라보는데 갑자기 심술이 솟구쳤다. 뭔지 모를 감정이 울컥 치고 올라온 것이다.

"핫하하하!"

조용하고 숙연한 극장 안에서 영민이 폭소를 터뜨렸다. 영민 스스로 생각해도 왜 그랬는지 모를 일이었다. 미영과 함께라면 어디에 있든 즐겁고 행복했다. 하지만 지금은 달랐다. 발 밑에 벌레라도 기어다니는 듯 그 자리가 불편하고 싫었다.

영화가 끝나고 저녁을 먹으러 들어간 중국집에서도 영민의 표정은 그대로였다. 미영은 오늘따라 영민의 태도가 이상하다고 생각했으나 짐짓 애교스럽게 말을 건넸다.

"영민 씨, 우리 뭐 먹을까?"

"아무거나."

"오늘은 비싼 거 사주기로 했으니까, 물만두 둘 하고 쇠고기 탕수육 주세요."

그 말에 영민이 퉁명스럽게 말을 잘랐다.

"아니, 짜장면 둘."

종업원이 누구 말을 들을지 몰라 머뭇거렸다.

"짜장면 둘 달라니까요."

미영은 몹시 기분이 상했다.

"영민 씨 왜 그래?"

"내가 뭘?"

영민은 짐짓 태연한 척했다.

"나한테 뭐 화난 거 있어?"

"아니."

"영민 씨가 보자는 영화 안 보고 내가 보자는 영화 봤다고 이러는 거야?"

"아니."

"그럼 극장에서도 그게 뭐야, 창피하게."

"우스워서 웃었는데 뭐가 창피해!"

주문한 짜장면이 테이블에 놓여졌다. 미영은 보란 듯이 한 입 가득 넣어 맛있게 먹기 시작했다. 영민은 젓가락을 빙글빙글 돌릴 뿐 전혀 먹을 생각이 없어 보였다.

(돼지같이 잘도 먹는구만. 감쪽같이 나를 속여 놓고 짜장면이 목구멍으로 넘어가냐.)

영민은 생각 같아선 뺨이라도 한 대 올려붙이거나 짜장면 그릇에 미영의 얼굴을 처박아버리고 싶었다.

그렇게 사랑스럽고 예쁘게만 보였던 그 얼굴 뒤에 떳떳치 못한 과거를 감추고 있다 생각하니 주체할 수 없이 심한 배신감이 치밀어 올랐다.

"잘 먹네? 곱빼기 시켜줄 것 그랬지?"

영민의 비아냥거림에 참다 못한 미영이 폭발했다.

"도대체 왜 그러는 거야!"

미영의 눈에 눈물이 글썽였다.

식당을 나온 두 사람은 각각 다른 방향을 향해 걸었다. 미영은 평소보다 천천히 걸으며 영민이 되돌아올 것을 기대했다. 저러다 말겠지, 하며.

그러나 영민은 되돌아오는 기적이 없었다. 뒤를 돌아보니 코트 주머니에 손을 찔러넣고 고개를 떨군 채 걷고 있는 영민의 뒷모습이 보였다. 미영은 한참 동안 서서 그의 뒷모습을 지켜보았다.

(왜 그러는 거야, 김영민? 뒤 좀 돌아보라고.)

영민의 모습은 점점 멀어져 조금만 더 지나면 시야에서 완전히 사라져버릴 것 같았다. 미영은 그에게로 달려가 평소처럼 웃으며 매달릴까도 생각해 보았지만 자존심이 허락지 않았다.

혼자 집을 향해 터덜터덜 걷는 미영은 코끝이 시큰해져 오는 것을 느꼈다.

"죽자 사자 쫓아다닐 땐 언제고. 이젠 별 볼 일 없다 이거야? 어쩜 그렇게 변할 수 있지?"

집으로 돌아왔을 땐 이미 깜깜해져 있었다. 어두운 집에 혼자 들어서기가 무서웠지만 미영은 집 안으로 들어갔다. 불을 켜자 방 안의 모든 것들이 생명을 찾은 듯 되살아났다.

장식장 위에 놓아둔 사진이 눈에 들어왔다. 결혼 사진, 신혼여행 사진, 그리고 미영과 영민이 각자 찍은 사진까지. 사진 속의 영민과 미영은 행복하게 웃고 있었다.

미영은 추억을 회상하며 슬며시 미소를 지었다.

그러다 다시 모처럼의 데이트를 엉망으로 만들어놓은 영민에 대해 화가 났다.

"오늘 낮잠이나 자구 글이나 쓰겠다는 걸 내가 자꾸 나가자고 해서 삐친 거야? 아, 알겠다. 그날이라서 안 된다고 했더니 삐쳤구나. 아니, 여자가 한 달에 한 번 하는 걸 못 참아? 아유, 영민 씬 변태야, 변태."

미영은 팔짱을 긴 채 영민의 사진 앞으로 바짝 다가서면서 말했다.

"나 그동안 말 안 했는데 오늘은 말 나온 김에 좀 따져봐야겠어. 내가 화장실 갔을 때 영민 씨가 몰래 가계부 훔쳐본 거 다 알고 있다고. 남자가 쩨쩨하게 말이야. 내가 뭐 그 잘난 월급 떼어먹는 줄 알고? 그리고 사람이 왜 그렇게 이기적이냐? 영민 씨 집에 갈 땐 쇠고길 세 근씩이나 사 가면서 왜 우리 집에 갈 땐 고기 먹을 사람 없다면서 빈손으로 가냐? 고기 먹을 사람이 왜 없어? 우리 엄마가 고길 얼마나 좋아하는데. 그리고 내가 테스를 쓴 작가 이름이 생각나지 않아서 앙드레 지드라고 한 걸 꼬투리 잡아 신이 나서 걸핏하면 놀리고. 영민 씬 뭐 그렇게 유식하다고 잘난 척이야?"

미영은 그동안 마음에 담아두고 있던 말들을 퍼붓듯 쉼없이 내뱉었다.

연애할 땐 아무런 문제가 되지 않았던 사소한 일들이 결혼한 지금에 와선 이렇게 기분을 엉망으로 만들어 놓는다는 걸 미영은 처음 알았다.

혹시라도 내가 작가의 아내가 되기엔 소양이 부족한 게 아닐까 하는 자격지심이 든 것도 사실이다. 그러나 사랑이란 이름으로 모든 게 극복되리라 믿었다.

언제부턴가 사소한 것으로 인해 어긋난 감정들이 시간이 지날수록 돌이킬 수 없이 벌어지는 게 아닐까 싶은 생각도 들었다.

미영은 우리 안에 갇힌 동물처럼 방 안을 왔다 갔다 했다. 12시를 알리는 알림 소리에 미영은 걱정이 되기 시작했다. 그때 창 밖에서 부스럭거리는 소리가 들렸다.

"영민 씨야?"

미영은 재빨리 창문을 열었다. 찬바람이 훅 하고 들어왔다. 금방이라도 영민이 장난기 어린 얼굴로 들어올 것만 같았다. 그러나 창 밖엔 아무도 없었다. 바람 소리만이 골목을 채웠다.

카페 안은 한산했다. 음악도 졸고 있는 듯 낮은 재즈 음악에 군데군데 혼자 술을 마시는 남자 몇 명이 보일 뿐이었다.

일요일 밤에 가족과 함께 있지 못하고 혼자 술집에 앉아 있는 사내들이란 각자 사연이 있을 터였다. 영민도 그중 하나였다. 세상의 모든 고뇌를 진 듯한 얼굴로.

"김영민, 넌 정말 나쁜 놈이야. 너라고 해서 떳떳하고 깨끗하냐? 넌 학교 다닐 때 여자친구 안 사귀었냐? 군대 있을 때 청량리도 가고 미아리도 갔었잖아. 그러면서 미영이에게 남자친구 하나쯤 있었던 걸 용납 못해? 이기주의자, 치졸한 놈, 이중인격자, 나쁜 놈!"

영민은 반쯤 내려뜬 눈으로 자신을 향해 욕을 퍼부었다.

그러나 해답은 얻지 못했다. 여전히 가슴이 답답했다.

이미 취기가 오른 영민의 앞으로 카페 주인이 다가와 앉았다. 영민은 다른 사람의 얘기인 양 넋두릴 늘어놓았다.

"요즘 과거 없는 여자가 어딨어. 있다 한들 따져봐야 아무 소용 없어. 이미 결혼도 했으면서."

인상이 좋고 서글서글해 보이는 여주인은 영민이 마음을 잘 위로해 주었다. 친구 일로 이렇게 고민하는 김영민이라는 남자에 대해 새삼 순수함을 느끼면서.

"나도 그 친구한테 그런 식으로 얘기했죠. 부인이라고 해서 어떻게 네 아내의 과거까지 소유할 수 있겠냐고. 결혼은 소유하는 게 아니라 어디까지나 사랑이라고."

"역시 영민 씬 작가라서 그런지 생각하는 게 다르네."

여주인의 말에 영민은 어깨를 으쓱하며 말했다.

"나도 그 친구한테 이렇게 말했어요. 어쩌면 네가 오해하고 있는지도 몰라. 그 남자가 반드시 옛 애인이란 법이 없잖냐. 초등학교 동창을 우연히 만났을 수도 있고, 그리고 부인이 눈물을 흘린 덴 다른 이유가 있을 수도 있지 않냐고."

"아유, 세상 남자들이 다 영민 씨 같으면 여자들이 얼마나 좋아할까."

"그러게요."

영민은 안타깝다는 듯이 말했다.

그러면서 영민은 자신 속에 내재해 있는 이중성에 스스로를 질책했다. 한 걸음 물러나 바라보면 이리도 관대할 수 있는 문제에 이토록 집착하고 연연하는 이유가 뭐란 말인가. 이성과 감성의 차이는 이처럼 엄청난 것이다.

질투심이나 불쾌감은 사랑이란 감정으로도 말끔히 씻어낼 수 없는 감정의 찌꺼기를 남겼다.

영민은 터덜터덜 집 앞 골목에 접어들었다. 가로등이 안갯빛을 뿌리며 둥근 빛무리를 만들고 있었다. 평소 같으면 단숨에 달려갔을 이 길을 영민은 무거운 마음으로 걸었다.

가로등 앞에 이르렀을 때 영민은 걸음을 멈췄다. 팔짱을 낀 채 잔뜩 움츠린 몸으로 서성이고 있는 미영의 모습을 발견한 것이다.

한 발론 땅바닥을 문지르며 마치 엄마한테 야단이라도 맞은 아이처럼.

두 사람의 시선이 마주쳤다. 영민은 어색한 표정으로 미영을 향해 다가왔다.

"왜 나와 있어, 추운데……."

"미안해……, 내가 아까 괜히……."

그러더니 미영은 왈칵 울음을 터뜨렸다.

영민은 매우 당황했다.

"아냐, 내가 잘못했어."

"아냐, 내가 괜히 소리 지르고 저녁밥도 안 해 주고……."

흐느끼던 미영이 눈물을 닦아내더니 다시 환한 얼굴로 물었다.

"배고프지?"

"아니."

영민은 콧등이 찡했다. 불과 몇 달 전까지만 해도 "사랑해, 미영."을 수없이 되뇌던 내가 아닌가, 숱한 가슴앓이를 했고, 사람의 기쁨에 들떠 있던 내가 아닌가.

"라면 끓여줄까?"

"응."

두 사람은 어깨에 팔을 두른 채 집으로 향했다. 가로등 불빛이 둘의 뒷모습을 비춰 주었다.

　늦은 밤, 마지막 승객을 실어나르는 듯한 전철이 철길 위를 지
나갔다. 변두리 동네도 밤의 어둠 속에 묻혀갔다.

5부

남자란?

여자의 마음속에 아른거리는 옛사랑의 그림자
추억의 빗장을 열 듯
조심스레 꺼내보는 빛바랜 사진 한 장.
우리는 알고 있지.
먼 훗날 젊은 날의 한 토막을 떠올려볼 때
그 고통이 값지게 빛나리라는 것을.

지하철 플랫폼 끝에서 전동차가 머리를 디밀기 시작하자 승객들은 바짝 긴장하며 전투태세를 갖췄다. 지하철을 탄다기보다 떠밀려 태워진 영민은 그 와중에도 안전지대를 찾았다.

함께 떠밀려 들어온 여자의 머리카락이 영민의 얼굴을 스쳤다. 짙은 재스민 향기가 코끝을 자극했다. 여자는 영민의 가슴에 폭 안기듯 보금자리를 틀었다. 뒤로 여유가 있었지만 영민은 모른 척 그대로 서 있었다. 낯선 여자와의 접촉을 즐기면서.

영민은 한 손으로 손잡이를 잡은 채 다른 손으론 책을 펼쳐 들었다. 책으로 얼굴을 가렸지만 글자가 눈에 들어올 리 없었다. 자꾸만 신경이 엉뚱한 곳으로 쏠렸다. 겉으론 평범한 직장인 차림이었지만 어딘지 모르게 끼가 있어 보였다.

(내가 왜 이러지. 결혼 전엔 이런 여잔 거들떠보지도 않았는데…….)

영민은 다시 한번 슬쩍 여자를 훔쳐보았고, 여자도 영민을 의식한 듯 슬쩍 미소를 지어 보였다. 순간 영민은 아찔한 현기증을 느꼈다. 몸 구석구석에서 불순한 감정이 불쑥불쑥 솟구쳤다. 미영 외의 다른 여자에겐 눈길 한 번 주지 않던 그였지만 마음속으로는 간음하는 것과 별반 다를 바가 없었다.

영민은 이번엔 여자의 블라우스 깃을 곁눈질했지만 아쉽게도 아무것도 볼 수 없었다. 하지만 그의 자유로운 상상력은 그녀의 가슴과 허리를 더듬고 있었다.

지난 일요일 사건 이후 영민과 미영의 사이는 눈에 띄게 서먹해졌다. 도대체 왜 그러냐며 미영이 줄기차게 물어보고 서운해 했지만 영민은 끝내 그날 일에 대해선 입 밖에 내지 않았다.

두 사람 사이의 골은 날이 갈수록 깊어졌다. 저녁에 퇴근해서 잠을 자고 아침에 출근할 때까지 "밥 줘.", "커피 한 잔만." 등의 지극히 일상적인 몇 마디가 오고갔을 뿐이다.

영민 스스로 자기 자신을 치졸하고 이기적인 놈이라고 욕했지만 아무 일도 없었던 양 그전처럼 미영을 받아들이기엔 감정의 거부감이 너무도 컸다.

영민은 어떤 억누를 수 없는 욕구가 온몸을 휘감는 것을 느꼈다. 미영과의 사이가 냉랭하면 할수록 그 욕구는 엉뚱한 곳으로 뻗어가고 있었다. 더 이상 억제할 수 없다는 듯 영민은 곁에 있는 여자를 힘껏 껴안고 몸을 더듬었다. 여자는 영민의 입술을 피해 고개를 세차게 흔들었지만 그의 집요한 공세에 차츰 허물어졌다.

그 순간 갑자기 전동차가 급정거하는 바람에 영민의 상상은 깨져 버렸다. 영민은 아쉬운 듯 쩝 입맛을 다셨다. 무언가 불만의 앙금이 차츰 덩어리로 뭉쳐져 가슴을 답답하게 짓눌렀다. 어떻게 해서는 분출해야 할 욕구였다.

오후가 되자 문예사 사무실도 한가해졌다. 시계바늘은 느릿느릿 넘어가고, 뭔가 재미있는 일 없을까 하며 서로 눈길을 보내고 있었다.

그때 구문갑이 울상을 지으며 들어와 자리에 앉았다.

"세상 살맛 안 난데이."

"왜 그래? 무슨 일 있었어?"

동료에게 무슨 일이 있나 싶어 다들 관심을 보인다.

"오줌줄기가 늙은이처럼 비실비실하다카이."

"나도 가끔 그래."

너무 걱정 말라는 듯이 다들 옆에서 거들었다. 하지만 구문갑의 탄식은 계속됐다.

"오후만 되면 영 몸이 나른한 게 입맛도 없고 마누라하고 밤일도 한 달에 한 번 겨우 할까 말까 하고. 이제 겨우 마흔인데 벌써 죽을 때가 됐는갑다."

그 말에 편집장이 고개를 들어 동참했다.

"알로에를 한번 먹어보지 그래."

"현미효소도 괜찮아. 집사람이 친구한테 듣고 와서 억지로 먹으라고 주길래 한 달째 먹고 있는데 효과가 있더라구."

바로 그때 전화벨이 울렸다.

"여보세요. 네, 잠시만 기다리세요. 김영민 씨, 전화야. 예쁜 아가씨 목소린데?

최승희가 야릇한 미소를 지으며 전화를 돌려주었다.

영민은 고개를 갸우뚱하며 전활 받았다.

"네, 김영민입니다. 누구십니까?"

"나야."

전화기 저편에서 미영의 목소리가 들려왔다. 영민은 실망한 목소리로 물었다.

"응, 왜?"

"나 엄마 집에 왔는데 여기서 하루 자고 가도 돼?"

"맘대로 해.

"밥통에 밥 남았으니까 찌개 데워서 먹어."

"알았어."

"나 없다고 술 마시지 말고 일찍 들어가고."

"알았다니까."

영민은 퉁명스럽게 대답하곤 전화를 끊었다.

"자, 그만 퇴근들 하지. 시원하게 맥주나 한 잔 하고 갈까?"

편집장의 제의에 구문갑이 대답했다.

"편집장님 말씀이 더 시원하구만요."

"대신 2차는 없기야."

"그거야 그때 가봐야 알지요."

편집장과 직원들이 자리에서 주섬주섬 일어났건만 영민은 밍기적거렸다.

"영민 씨, 가지."

"아, 죄송하지만 전 빠지겠습니다. 원고 쓸 게 남아서요."

핑계를 댔지만 딱히 이유가 있는 건 아니었다. 원고도 그리 급한 것도 아니고. 하지만 왠지 가슴이 답답하고 우울한 기분이 그를 혼자 남게 했다.

몇 자 끄적거렸지만 속도는 붙지 않고 머릿속은 잡념으로 혼란스럽기만 했다.

영민은 담배를 피워 물며 자리에서 일어나 거울 앞에 섰다. 거울 속엔 지극히 이기적이고 덜 성숙된 남자 하나가 영민을 비웃고 있었다.

"그래, 맘껏 비웃어라. 난 이렇게 옹졸한 놈이다."

그리고는 괜스레 책상 사이사이를 지나다녔다. 마치 책상 주인의 냄새라도 맡으려는 듯이.

구문갑의 의자에 앉았을 때 서랍 사이로 비죽 삐져나온 주간지한 권이 보였다. 무심결에 집어든 순간 육감적인 몸매의 여배우 사진이 툭 펼쳐졌다. 누드사진이었다. 영민은 사진을 노려보다가 자리에서 일어나 빈 사무실을 다시 왔다 갔다 했다. 조금 전보다 더욱 안절부절못하는 기색으로.

답답함을 참을 수 없던 영민은 최승희의 이름을 찾아내 전화걸었다. 잠시 후 승희의 나직한 목소리가 들려왔다.

"최 선배? 나 김영민."

"아, 영민 씨. 무슨 일로?"

"응, 선배 목소리가 듣고 싶어서."

영민은 이 부분에서 은근히 목소리를 낮췄다. 최승희도 그 소리가 싫지 않은 듯 콧소리 섞인 목소리로 대꾸했다.

"갑자기 왜 그래. 어디야?"

"사무실. 다 퇴근하고 혼자 있어."

"마나님께서 기다리실 텐데 빨리 집에 들어가셔야지. 공처가께서……."

그 말에 영민은 대수롭지 않다는 듯 대답했다.

"뭐 매일 보는 여편네. 선배 내가 술 한 잔 살까?"

"남을 사랑하는 사람이 되고 싶었는데
   남보다 나를 더 사랑하는 사람이 되고 말았다.
   가난한 식사 앞에서 기도를 하고
   밤이면 고요히 일기를 쓰는 사람이 되고 싶었는데
   구겨진 속옷을 내보이듯 매양 허물만 내보이는 사람이 되고 말았다.

사랑하는 사람아

너는 내 가슴에 아직도 눈에 익은 별처럼 박혀 있고

나는 박힌 별이 돌처럼 아파서

이렇게

한 생애를 허둥거린다."

시를 읊은 최승희는 담배 연기를 길게 내뿜으며 물었다.

"어때, 내 자작시?"

"아, 좋은데······."

영민은 열심히 듣는 척했지만 생각은 다른 데 가 있었다. 이곳 저곳에서 떠드는 소리가 왁자지껄한 이 와중에 시낭송이라니.

(섹시해. 목소리가 정말 섹시해. 잠자리에선 어떨까? 한번 자고 싶다고 얘기해 볼까? 언젠가 자기는 프리섹스주의자라고 얘기했잖아. 그러다 벌컥 화라도 내면 어쩌지. 당신이 너무 매력적이라서 나도 모르게 그런 소리가 나왔다고 슬쩍 돌려버리면 되지 뭘.)

"진짜 괜찮아?"

"응, 감미로운 세레나데 같아."

영민은 짐짓 과장된 몸짓으로 대답했다.

"시집 제목은 어떤 게 좋겠어? 내 영혼에 내리는 푸른 비 아니면 내 영혼의 푸른 빛."

(담뱃갑을 집는 척하면서 손을 한번 잡아 볼까.)

두 사람의 대화는 이렇게 계속 겉돌았다.

영민은 머릿속으로 생각한 대로 최승희 앞에 놓인 담뱃갑을 집는 척 하면서 슬쩍 그녀의 손 위에 자신의 손을 얹었다. 최승희는 의식하지 못한 건지, 아니면 모른 척하는 건지 아무런 반응이 없었다.

(오호, 이것 봐라. 가만히 있네?)

"역시 내 영혼의 푸른 빛이 심플하고 강렬하겠지?"

"으응."

영민은 다음엔 어떤 행동을 해야 할지를 궁리하며 건성으로 대답했다.

(무작정 돌격해? 그러다 뺨이라도 맞으면? 아냐, 어쩌면 은근히 기다리고 있는지도 몰라.)

영민은 그녀를 좀 더 탐색해 보기로 했다. 라이터가 테이블 밑으로 툭 떨어졌다. 물론 영민의 꼼수였다. 영민은 라이터를 줍는 척하며 몸을 숙였다. 테이블 밑으로 미니스커트 차림에 다리를 꼬고 앉은 최승희의 늘씬한 다리가 보였다. 탄식이 흘러나오는 것을 꾹 참으며 영민은 몸을 일으켜 자세를 바로잡았다. 이젠 더 볼 것도 없다, 싶었다.

영민은 최승희에게 담뱃불을 붙여주는 척하며 슬며시 옆자리로 옮겨 앉았다. 그리곤 자연스럽게 어깨에 손을 얹었다.

영민의 이런 행동에도 그녀가 개의치 않자 용기를 내어 말했다.

"승희 씨, 나 당신 사랑해. 당신이 우리 집에서 노래를 부르던 순간부터 당신을 사랑해 왔어. 나 오늘밤 너무 외로워. 당신과 함께 있고 싶어."

영민이 조바심에 어쩔 줄 몰랐던 것에 비해 일은 너무도 쉽게 진척되었다. 최승희는 눈빛을 반짝이더니 식사 초대에 응하는 양 가볍게 고개를 끄덕였다.

호텔에 들어설 때도 영민이 얼굴을 붉힌 반면 최승희는 영민의 팔짱을 끼고 자연스레 걸었다.

영민은 호텔 방에 들어서자마자 넥타이와 와이셔츠를 풀어 벗어던지곤 최승희를 급히 끌어안았다.

"음, 사랑해……, 사랑해……."

"아이, 왜 이렇게 서둘러 어린애처럼. 샤워부터 하고 와."

욕실로 들어간 영민은 몇 분도 채 안 돼서 허리에 타월을 감고 나타났다. 그러는 사이 최승희는 까만 슬립 한 장을 제외하곤 모두 벗은 채 영민을 맞을 준비를 하고 있었다.

영민은 배고픈 아이처럼 와락 승희에게 달려들었다. 허겁지겁 애무하는 영민을 승희는 능숙하게 리드하며 침대로 이끌었다. 한창 분위기가 무르익었을 무렵, 느닷없이 영민의 입에서 "사랑해, 미영."이라는 말이 튀어나왔다.

순간 승희는 영민을 밀쳐내고 벌떡 일어나더니 아무 소리 없이 옷을 주워 입기 시작했다. 그리곤 꽝 소리나게 문을 닫곤 나가버렸다.

영민은 침대 아래에 꿇어앉아 기도를 하듯 두 손을 모았다.

"하느님, 저를 시험에서 구해 주서서 고맙습니다. 저는 미영이만을 사랑합니다."

영민의 얼굴에 회심의 미소가 떠올랐다

미영은 결혼을 달콤한 솜사탕과 같을 것이라 생각했다. 그러나 한 꺼풀 벗기고 보니 그것은 훨씬 복잡하고 미묘한 것이었다. 속속들이 잘 알고 있다고 생각했던 영민에 대해 지금은 아무것도 아는 게 없다는 생각이 들었다.

미영의 마음속엔 가을바람처럼 스산한 기운이 스쳐 갔다. 이게 아닌데 싶었다. 날마다 행복하고 날마다 기쁠 줄 알았는데, 그게 아니었다.

그날, 미영은 한 통의 편지를 받았다. 추억을 되살리게 하는 편지였다. 항공우편으로 온 그 편지 봉투엔 또박또박 '오미영님'이라고 쓰여 있었다.

발신인의 이름을 살피던 미영의 얼굴이 발그레해졌다. 미영은 자리에 앉아 편지를 뜯었다.

사뭇 기대감에 찬 표정으로 편지를 읽어 내려가던 미영은 잠시 후 편지를 다시 봉투에 집어넣고는 그것을 서랍 깊숙이 밀었다. 마치 비밀스런 것을 감추듯이.

그리고는 결혼앨범을 꺼내들었다. 첫 장을 넘기자 웨딩드레스를 입고 행복에 젖어 있는 자신의 모습이 나타났다. 환하게 웃으며 대기실에 앉아 있는 모습, 양가 부모님께 인사를 드리는 모습, 영민의 팔짱을 끼고 퇴장하는 모습들이 행복으로 남아 있었다.

미영이 행복한 상념에 젖어 있는데 방해자가 나타났다.

"새댁 있어?"

"네, 네, 들어오세요, 아주머니."

주인집 여자가 안으로 들어서며 쟁반 하나를 내려놓았다.

"이런 거 먹을지 모르겠네. 묵은 김치가 많길래 부쳐 봤어."

"뭘 자꾸 이런 걸······. 염치없이 얻어먹기만 하네요."

주인여자는 악의는 없지만 다소 푼수기가 있었다. 미영의 얼굴을 빤히 들여다보던 여자가 말했다.

"저런, 새댁 눈 밑에 기미가 꼈네."

당황한 미영이 눈 밑을 쓱 닦아내며 대답했다.

"화, 화장이 얼룩졌나."

눈치 없는 주인집 여자는 얼굴을 더욱 미영에게 바짝 갖다대며 말했다.

"화장은 무슨, 틀림없이 기민데. 쯧쯧 젊은 새댁이 벌써부터 기미가 끼면 어떡해. 애라도 낳으면 어쩌려고. 무슨 속 썩는 일 있어? 혹시 신랑 바람피우는 거 아냐?"

"아니에요. 그런 일은 상상도 못할 사람이에요."

미영이 웃으며 잘라 말했다.

"남자 속을 어떻게 알아. 며칠 전에 새댁 친정 갔을 때 보니까 새벽에 들어오던데?"

"다른 일이 있었겠죠."

대수롭지 않게 대꾸했지만 왠지 마음에 걸리는 게 있었다.

"그래도 남자들 조심해야 돼. 작년에 여기 세든 부부는 결혼한 지 석 달도 못돼서 남자가 바람 펴서 금세 갈라섰어."

"네에……."

미영은 언제쯤 저 수다가 그칠까를 생각하며 건성으로 대꾸했다.

"우리처럼 중매로 한두 번 만나서 시집 장가든 사람들이야 정이 없어 혹 남자가 바람 피울 수 있다 쳐. 근데 요즘 젊은 사람들은 죽자 사자 좋다구 연애 걸어 결혼한 사일 텐데 바람을 피니, 쯧쯧……. 그럼 식기 전에 먹어."

"네, 안녕히 가세요."

주인여자는 나가면서도 연신 중얼거렸다.

"예나 지금이나 남자들은 다 똑같지 뭐."

미영은 급히 거울 앞으로 가 얼굴을 살폈다. 주인여자 말대로 눈 밑에 거뭇한 기미가 보이는 듯했다.

미영은 작게 한숨을 내쉬었다. 마음속이 휑 뚫린 듯 허탈감이 몰려왔다. 마치 상실감 같은 것이었다. 크게 부풀었다가 순식간에 터져버리는 풍선처럼. 사랑은 그런 거였다.

미영은 전화를 들어 번호를 꾹꾹 눌렀다.

"네, 문예사입니다."

수화기 저 편에서 목소리가 들려왔다.

조금 전 주인여자가 한 말을 확인해 봐야겠다고 마음먹고 전화를 걸었다. 그러나 미영은 곧 수화기를 내려놓았다. 부질없는 짓이야, 중얼거리며.

그날 미영은 거울 속에서 공허하고 권태로운 얼굴을 한 여자의 모습을 보았다.

모든 것이 잠든 듯 고요했다. 그러나 결코 잠든 것이 아니라 저마다 소리를 낮춰 조용히 숨쉬고 있을 뿐이었다.

미영은 차창 밖을 내다보고 있었다. 햇빛 때문에 눈이 시렸다. 자신이 타고 있는 버스의 종점이 어디인지도 몰랐다. 시외버스 터미널에서 눈에 띄는 아무 버스에나 올라탄 것이다.

미영의 차림은 평소보다 화려했다. 그동안 입지 않던 화려한 옷을 꺼내 입고, 화장도 진하게 했다.

알아볼 사람이 없다는 게 그녀를 자유롭게 했다. 밭을 지나 드문드문 보이는 몇 채의 집을 지나 강을 건너니 들판이 나왔다. 머리를 짧게 깎은 아이들 서넛이 햇볕이 내리쬐는 마당에 모여 놀고 있었다.

배달을 나선 다방 여종업원이 껌을 씹으면서 지나간다. 참 오랜만에 보는 풍경이었다. 미영은 차창 너머로 그 모습을 바라보며 웃음을 머금었다. 한적한 변두리 풍경이 미영에게 유년의 한 자락을 기억나게 해 준 것이다.

따뜻한 햇살을 받으며 깜박 졸던 미영은 쏟아지는 듯한 물줄기 소리에 눈을 폈다. 차창 밖으로 소년의 얼굴이 어른거렸다. 호스로 물을 뿜어 세차를 하고 있었다. 유리창을 타고 흘러내리는 물줄기 반대편에선 개구진 표정의 소년이 웃고 있었다.

버스 안에는 미영 혼자뿐이었고 운전기사도 이미 내리고 없었다. 미영은 멋쩍은 표정으로 차에서 내렸다. 낯선 동네에 와 낯선 땅을 밟는 기분이 왠지 모를 설렘을 가져다주었다.

소년은 호스로 물을 뿜어 세차를 하다 말고 미영을 향해 씩 웃어 보였다. 앞니 하나가 빠진 모습에 웃음이 나왔다.

미영은 큰길로 나왔다. 큰길이라야 겨우 차 두 대가 지나갈 만한 폭이었다.

'라디오·시계 수리'라는 간판이 세워져 있는 전파상에선 여가수의 노래가 흘러나오고 있었다. 노랫소리보다 찍찍거리는 잡음이 더 크게 들렸다.

목적지도, 딱히 갈 곳도 없는 미영은 이 곳 저 곳 눈길을 주며 터덜터덜 걸었다. 담뱃가게 앞에선 노인이 맛있게 담배를 빨고 있었다.

"아저씨, 담배 한 갑 주세요."

"어떤 걸로요?"

"……. 지금 아저씨가 피우시는 걸로요."

담배를 받아든 미영은 그것을 가방 깊숙이 넣었다. 아무도 모르게, 비밀스럽게.

미영은 사진관 앞에서 멈춰 섰다. 유리창 안에서 여러 얼굴들이 웃고 있었다. 오래 전에 죽은 배우에서 외국 영화배우, 그리고 갓난아기까지. 미영은 미소를 지으며 그들을 바라보다가 무언가에 이끌리듯 사진관 안으로 들어갔다.

바로크 양식을 본뜬 의자에 시원한 야자나무 배경이 보였다. 누가 여기서 찍은 사진을 보고 외국에서 찍은 것이라고 속아줄까 싶지만, 그래도 아직 속아주는 사람이 있나 보다.

오십 줄에 접어든 사진관 주인은 모처럼 찾아온 손님에 사뭇 신이 났다.

미영은 의자에 앉았다. 사진사는 한껏 멋진 폼으로 카메라의 검은 천을 들추고 렌즈 속을 들여다보며 말했다.

"고갤 좀 더 숙이시고 조금 더 왼쪽으로 약간만 더……."

그러더니 미영에게 다가와 고개를 바로잡아 주었다.

"자, 그럼 찍습니다. 웃으세요."

어색한 미소를 짓는 미영의 얼굴 위로 플래시가 터졌다. 오늘이 잊혀질 즈음이면 사진 한 장이 날아들어와 방황하던 날의 한 자락 추억으로 남겠지.

자아를 찾아 떠난 여행자처럼 미영은 한 곳도 빠짐없이 기웃거리고 들여다보며 혼자만의 시간을 만끽했다.

낯선 곳에서의 자유, 그리고 익명성이 보장된 일탈이 미영의 마음을 편안하게 했다. 그 순간만큼은 영민의 존재도, 배신이라고 여겨지는 감정도 사라져 버리고 없었다.

이런 생각을 하며 걷는데 시골다방 하나가 눈에 띄었다. 싼 값에 지친 다리를 쉬게 해 줄 곳이었다.

다방 안으로 들어서니 손님이라곤 한 테이블에 앉은 남자 둘이 전부였다. 가요 메들리가 흘러나오고, 마담으로 보이는 여성과 종업원 하나는 사내들과 같은 테이블에 앉아 있었다.

문을 열고 들어서자 호기심 어린 그들의 시선이 미영에게 꽂혔다. 순간 남자들의 눈빛이 빛났다. 이런 곳에 어울리지 않는 여자를 봤을 때의 눈빛이었다.

미영은 그들의 시선을 외면한 채 햇살이 잘 드는 창가 자리에 자릴 잡았다.

여종업원이 탐색하듯 살피며 다가왔다.

"누구 기다리세요?"

"아뇨, 커피 주세요."

종업원은 주방 쪽을 향해 "7번에 커피 하나."를 외치고는 자리로 돌아가 다시 시시덕거렸다.

"요즘은 뭐니뭐니 해도 부동산이야."

"부동산 가진 사람이 떵떵거리는 세상이라니깐."

돈푼도 별로 있어 보이지 않는 남자들이 다분히 미영의 존재를 의식한 듯 호기를 부렸다.

미영은 핸드백에서 담배를 꺼내 물었다. 그리곤 세련되고 멋져 보이도록 담배를 빨았다. 검지와 중지를 한껏 짝 뻗어서.

그러나 연기는 목구멍을 맴돌다 결국 쏟아져 나왔다. 쿨럭쿨럭 대던 미영의 눈이 토끼처럼 발갛게 됐다.

하지만 남자들과 마담이 힐끗힐끗 이쪽을 살피는 것을 의식한 미영은 능숙하게 담배를 태우는 척했다. 연기를 입 안에 담고 있다가 멋지게 뿜으면 된다는 것을 곧 터득한 것이다.

마담이 커피를 직접 들고 오더니 맞은편 자리에 앉는다.

"날씨가 참 좋죠?"

그러면서 남자손님들에게 예의 그리하듯 잔에 프림과 설탕을 넣는다.

"두 스푼?"

콧소리가 섞인 목소리였다. 미영은 갑자기 생경한 목소리를 들었을 때의 거북함을 느끼며 대답 대신 고개를 끄덕였다.

"나, 담배 한 대 펴도 될까요?"

"네에……."

미영은 얼떨결에 담뱃갑을 쑥 밀었다.

세련되고 능숙한 몸짓으로 담배를 무는 마담을 보며 미영은 슬그머니 물고 있던 담배를 꺼버렸다.

마담이 창밖을 내다보며 말했다.

"날씨가 왜 갑자기 어두워지지, 비가 오려나?"

그러더니 미영을 찬찬히 살피며 물었다.

"어쩜 이렇게 예쁠까? 난 처음에 영화배우 나윤희가 들어오는 줄 알았네. 뭐하는 분일까……. 학생?"

슬쩍 떠보듯 듯했다.

"제가 학생 같아 보여요?"

미영이 싫지 않은 미소를 지으며 되물었다.

마담은 마음속으로 그렇다면 빈둥거리는 여자인가 가늠해 보며 미영을 훑었다.

"손님이 별로 없네요."

왠지 어색해지자 미영이 던진 말이었다. 그 말에 마담은 질문의 의도를 알아챘다는 듯이 몸을 앞으로 당겨 나직이 말했다.

"지금이 제일 한가한 시간이라서 그래. 아까 한 차례 다녀갔어. 그리고 여긴 배달이 많아."

"어디로요?"

미영은 단순한 호기심에서 물었다.

"여기 부동산 사무실이 얼마나 많은데, 손님들도 점잖구, 높은 건물도 없어서 배달일이 참 편해."

"아, 예……."

미영은 건성으로 고개를 끄덕거렸다.

"어때?"

마담이 은근한 목소리로 물어왔을 때 미영은 무슨 소린지 못 알아들었다.

"어때, 한번 일해 보지 않겠어?"

"네?"

"먹고 자고 한 달에 섭섭잖게 줄게."

6부

추억의
빗장을 열 듯

어느 날 문득 거울 앞에 선 여자
이미 그는 저만큼 앞서 있고
'나'는 지금 어디에 서 있나.
언제나 그의 주변을 맴도는 바람처럼
멀찍이 바라만 보는 자유.
함께 하고 싶은 갈망도
절제된 사랑에 발길을 돌린다.

물이 끓자 영민은 라면을 집어넣으며 궁시렁 거렸다.

"아니 어딜 가서 아직도 안 오는 거야."

결혼 후 예고도 없이 미영이 늦게까지 집을 비운 건 처음 있는 일이었다.

영민은 신경질적으로 스프봉지를 뜯다가 그만 바닥에 죽 쏟아 버렸다.

그때 전화벨이 울렸다. 영민은 후다닥 방으로 뛰어들어가 수화기를 들자마자 버럭 소리를 질렀다.

"어디야! 빨리 집에 안 오고 뭐해!"

수화기 속에서는 엉뚱한 사람의 목소리가 나왔다.

"거기 홍릉갈비 아닙니까?"

영민은 신경질이 났지만 꾹 참으며, "아니에요." 하고는 끊었다.

라면이 넘치면서 거품이 냄비 밖으로 흘렀다. 영민이 부리나케 달려가 냄비를 내려놓으려는데 다시 전화벨이 울렸다. 수화기를 집어드는 영민의 손길이 거칠었다.

"홍릉갈비죠?"

영민이 버럭 소리를 질렀다.

"아니, 이 양반이 누구 약 올리나? 홍릉갈비 아니라는데 왜 자꾸 걸어요?"

"거, 전화 좀 공손히 받을 수 없어?"

저쪽에서도 거친 말이 튀어나왔다.

"어디서 반말이야? 당신 몇 살이야!"

"나 어제 환갑 차려 먹었다. 이 꼬마야."

약이 바짝 오른 영민 소리쳤다.

"너, 너 거기 어디야?"

"망우리 공동묘지다, 왜!"

영민은 금방이라도 뛰어나갈 듯 바짓가랑이에 한쪽 다리를 집어넣으며 말했다.

"너 거기 어딘지 똑바로 못 대? 너 내가 누군지 알아!"

"네가 누군지 어떻게 아냐, 임마."

그 말과 함께 전화가 끊겼다.

"아! 야!"

영민은 끊어진 수화기를 든 채 길길이 날뛰었다. 미영이 들어온 것은 바로 그때였다.

"왜 그래? 누가 들으면 부부싸움 하는 줄 알겠다."

영민은 그제야 수화기를 내려놓으며 미영을 향해 씩씩거렸다.

"무슨 전화야?"

영민은 인상을 쓰며 쏘아보았다.

"어디 갔다 왔어?"

"바람 좀 쐬러."

영민은 미영의 차림새와 화장을 훑어보며 언성을 높였다.

"어디 갔다 왔냐니깐!"

"그런 걸 일일이 보고해야 돼?"

"당연하지. 난 남편이니까!"

미영도 지지 않고 대꾸했다.

"그럼 자긴 지난 금요일에 새벽까지 어디 있었어?"

"언……, 언제?"

영민은 가슴이 덜컹했다.

"나 친정 간 날."

"에이 씨!"

영민은 상황을 회피하려는 듯 주방 쪽으로 돌아섰다.

"왜 피해?"

"피하긴 누가 피해! 라면 먹으러 가는 거야."

미영은 이를 앙다물며 영민 앞을 가로막았다.

"얼굴 빨개지는 거 보니 무슨 일이 있긴 있었군!"

"뭐? 내가 바람이라도 피웠단 말이야? 남편이 밖에서 얼마나
고생하는 줄도 모르고 집구석에 편히 있으면서 말도 안 되는 상상
이나 해! 인간 김영민을 어떻게 보고 그런 소리를 하는 거야? 내
가 너 같은 줄 알아?"

"너 같다니, 그게 무슨 소리야?"

"관두자, 치사한 놈 될까봐 더 얘기 안 한다."

주방으로 가는 영민을 가로막으며 미영이 다그쳤다.

"너 같다니 그게 무슨 소리냐구 !"

"네가 더 잘 알면서 왜 나한테 물어."

"정말 말 못해!"

미영의 눈에 눈물이 핑그르 돌았다.

"네 첫사랑! 나 몰래 카페에서 둘이 만났잖아!"

"어……, 어……, 언제?"

"영화 보러 간 날."

"허, 그 사람은 나 회사 다닐 때 같이 일하던 상사야"

"그런데 울고불고 하나?"

영민은 마치 불결한 것을 보았다는 듯이 대답했다.

순간 미영이 영민의 뺨을 올려붙였다. 참을 수 없는 화가 치밀어 오른 것이다. 그러더니 방구석에 쪼그려 앉아 흐느끼기 시작했다. 믿음의 두께가 고작 이 정도였나 싶었다.

그날 밤 처음으로 미영은 부부란 경우에 따라 남보다 더한 타인이 될 수 있다고 생각했다.

빗방울이 후두둑 창문을 때렸다. 귀가하는 사람의 발길도 끊어져 밖은 더욱 고요했다.

미영은 혼자 잠들었고, 영민은 책상 앞에 앉아 원고를 쓰고 있다.

영민은 손을 더듬어 담배를 찾았다. 그러나 손에 쥐어진 것은 빈 갑뿐.

재떨이 안을 뒤져보았지만 피울 만한 것이 없었다. 슈퍼는 문을 닫았을 테고, 원고는 꼭 끝내야 하는데. 영민은 담배 없이는 원고 한 줄 쓰지 못한다.

안절부절 못하다가 휴지통을 뒤지려는데 미영의 목소리가 들려왔다.

"내 가방 안에 찾아봐."

"안 잤어?"

반가운 소리에 영민은 얼른 지갑을 열어 담배를 꺼냈다. 순간 이미 뜯어져 있는 담뱃갑을 보고 영민의 얼굴색이 변했다. 영민은 미영을 흘끗 바라보며 물었다.

"어…, 언제부터 폈어?"

"오늘 처음. 맛없더라."

"앞으로 피지 마."

"응."

영민은 떨떠름한 표정으로 담배를 피워 물고 다시 원고를 쓰기 시작했다.

빗방울이 한층 굵어진 듯 유리창을 때리는 소리가 더 크게 들렸다.

"영민 씨······."

미영이 나직한 소리로 영민을 불렀다.

"왜."

영민은 원고에서 눈을 떼지 않은 채 대답했다.

"내 첫사랑 남자 말이야······."

영민은 손을 멈추었다. 알 수 없는 긴장감이 느껴졌다. 영민은 다음 말을 기다렸다.

"누군지 궁금해?"

"아니."

영민은 거짓말을 했다. 알고 싶었지만 마음을 드러내는 것이 왠지 치졸하게 느껴졌기 때문이다.

미영은 서랍에서 편지 하나를 찾아 영민의 책상 위로 던졌다. 낮에 온 편지였다.

"궁금하면 읽어봐. 내 첫사랑 남자한테서 온 거야. 그 남자 사진도 있어."

영민은 태연한 척했지만 가슴속은 질투와 긴장으로 가득했다. 영민은 떨리는 손으로 새 담배를 피워 물었다.

"내, 내가 왜 이걸 읽어."

미영은 다시 이불 속으로 벽에 기대어 앉았다. 창 밖으로 빗줄기가 주룩주룩 흘러내리고 있었다.

미영은 희미한 기억의 빗장을 열듯 띄엄띄엄 얘기했다.

"그때가 대학 일 학년이었으니까 스무 살이었지. 왜 그땐 나이가 소중한지도 모르고 빨리 지나가라고 빌었는지 몰라. 그 남자는 내가 다니던 교회 성가대의 지휘자였어. 키도 크고 그레고리 펙처럼 아주 잘생긴 남자였어……."

영민은 잔뜩 긴장하여 괜히 헛기침을 했다.

"우린 일요일마다 데이트를 했어. 성가대 연습이 끝나면 공원도 가구 음악감상실에서 음악도 듣고, 커피도 마시고. 하루는 난생 처음 생맥주집엘 갔어. 말없이 술만 마시던 그 남자가 갑자기 떠난다는 말을 하는 거야. 가족들 모두 캐나다로 이민을 가기로 했다면서. 그러더니 날더러 기다려줄 수 있겠느냐고 물었어. 자기가 돌아올 때까지 말이야. 그때 난 아무 대답도 할 수 없었어. 그리고 한 달 뒤에 그 남자는 캐나다로 떠났어."

얘기를 들으며 어느덧 질투가 조용히 가라앉았다.

"낮에 그 사람한테 편지가 왔어. 내 소식을 어떻게 알았는지 결혼 축하한다면서. 캐나다의 시골 마을에서 조그만 주유소를 한대. 딸도 둘 낳고."

미영의 목소리에 졸음이 배어 있었다.

"사진 보니까 못생겼더라. 대머리에 배도 나오고⋯⋯."

미영의 목소리가 가물가물대더니 이내 잠잠해졌다. 잠이 든 것
이다.

영민은 곁눈질로 흘낏 책상 위에 놓인 편지를 보다가 편지를
집어들었다. 봉투 안엔 미영의 말대로 사진이 들어 있었다.

뚱뚱하고 평범하게 생긴 남자가 여자 아이 둘을 안은 채 웃고
있었다. 순간 영민은 웃음을 터트렸다.

"그레고리 펙을 닮았다고?"

젊은 날 미영의 마음을 뺏어간 남자치곤 너무도 평범했다. 게다
가 머리까지 벗겨졌다니.

잠에 빠진 미영을 바라보는 영민의 입가에 슬며시 미소가 번졌
다. 미영의 가장 아름답던 시절 청춘의 빗장 뒤에서 서성이고 방
황하던 그림자가 느껴져 왔다.

영민은 거울 속에 비친 말쑥한 차림의 사내를 바라보았다. 거울
속의 사내는 넥타이를 매면서 중얼거렸다.

"저에게 분에 넘치는 영광스런 자릴 베풀어 주신 심사위원 선

생님들께 감사드립니다. 아냐, 이건 너무 상투적이야."

거울 속의 사내는 답이 없었다. 넥타이가 번번이 잘못 묶여 영민은 벌써 세 번째 다시 매고 있다.

미영이 방으로 들어오며 넥타이 하나를 내밀었다.

"이걸로 해. 주인아저씨한테 빌렸어."

"우리 내년에 아예 이 집을 사버릴까?"

"신인문학상 하나 받았다고 금세 벼락부자 되는 줄 알아? 앞으로 글이나 열심히 쓸 생각하세요."

영민은 미영이 건네준 넥타이를 매며 수상 소감을 연습했다.

"먼저 저에게 분수에 넘치는 영광스런 자릴 베풀어 주신 심사위원 선생님들께 감사드립니다. 저는 이 상을 받으면서 새삼 작가란 무엇인가 하는 질문을 저 스스로에게 던져 보았습니다. 작가는 떨어지는 나뭇잎 하나에도 눈물을 흘려야 합니다. 작가는 풀잎을 스치는 바람소리에도 눈물을 흘려야 합니다. 작가는 모든 사물들의 영혼과 함께 진리의 길을 찾아 헤매는 구도자와 같아야 합니다……."

미영이 옷을 갈아입으며 한 마디 던졌다.

"너무 거창해. 노벨문학상 받는 것도 아니고."

"그래?"

솔직히 영민은 기분이 썩 개운치 않았다.

옷을 다 갈아입은 미영이 영민 앞에 서서 물었다.

"영민 씨, 나 어때?"

영민은 힐끗 보고는 대답했다.

"머리는 그냥 두지 뭐 하러 그렇게 했어? 작가부인이 품위 있고 점잖아 보여야지. 화장도 너무 진해. 아이섀도는 뭐 하러 발랐어."

그 말에 미영이 갑자기 밖으로 향했다.

"어디 가?"

"미용실. 가서 파마 풀고 올게."

"안 돼, 시간 없어."

미영은 잠깐 무슨 생각을 하는가 싶더니 입을 열었다.

"영민 씨 혼자 가면 안 돼?"

"무슨 소리야, 갑자기?"

미영의 얼굴에 왠지 모를 우울한 기색이 돌았다.

수상식은 조촐했다. 그러나 영민은 단연 돋보이는 주인공이었다.

미영은 구석진 소파에 머쓱하게 앉아 축하객들에게 둘러싸여 있는 영민을 바라보았다. 영민은 하나씩 하나씩 이뤄 가고 있었다. 시간이 지나면 더 많은 명성과 성공한 남자의 여유가 생길 테지. 미영은 이런 생각을 하며 저쪽에서 웃고 있는 영민을 바라보았다.

이번에 심사를 맡았던 한 평론가가 영민의 어깨를 툭 치며 말했다.

"심사위원들이 이번 김영민 씨의 소설을 수상작으로 뽑는 데 의견일치를 보았네. 사소한 것에 대한 치열한 통찰력이 돋보이더군. 특히 여성의 심리, 그리고 인간 내면에 존재하는 의식을 끌어내 형상화 솜씨가 탁월했어. 큰 작가로 성공할 싹이 보여. 그래서 수상작으로 결정했으니 잘해 보게, 김 작가."

영민은 반백의 신사를 향해 허리를 90도로 굽혀 인사를 했다. 건배가 울려퍼지고 여기저기서 플래시가 터졌다.

미영은 그 자리가 편하지 않았다, 혼자만 이방인인 듯 느껴졌다.

그런 미영을 보고 구문갑이 다가왔다.

"축하합니다. 한 잔 받으소. 아따, 오늘 김영민 씨 완전 스타네 스타. 어떠쇼? 이제 보니까 시집 잘 간 것 같지요?"

"아, 예……, 예……."

미영은 애써 미소를 지으려 했으나 마음을 속이지 못한 표정은 어쩔 수 없이 일그러졌다.

"이따가 집들이 할 때처럼 근사하게 노래 한 소절 뽑으셔야제?"

미영이 난처해서 고개를 숙이자 영민이 다가왔다.

"잡지사에서 같이 사진 한 장 찍자는데."

"싫어."

미영은 목소리를 낮춰 잘라 말했다.

"왜?"

"나 사진 찍는 거 싫어하잖아."

"네가 언제 사진 찍는 거 싫어했어?"

"싫다는데 왜 자꾸 그래?"

미영은 짜증 섞인 목소리로 내뱉었다.

"그러지 말고. 사람들이 기다리잖아."

영민이 난처해하자 미영은 할 수 없이 일어났다.

"아이, 참."

영민과 미영은 사진기자 앞에서 다정한 부부가 지을 수 있는 가장 행복한 표정을 지어보였다.

잡지사 기자가 미영에게 질문을 던졌다.

"부인께선 이번 김 선생님 수상 작품을 읽어보셨어요?"

"아……직 못 읽어봤어요."

미영은 얼굴이 화끈거렸다.

"남편 되시는 분 작품도 안 읽어보셨어요?"

"바……, 바빠서요."

변명할 양으로 영민이 끼어들었다.

"제 집사람은 제 글을 읽으면 가슴이 조마조마해진다고 잘 안 읽는 편입니다. 하핫."

여기자는 끈덕지게 물고 늘어졌다

"이번 작품에 묘사된 부인은 테스의 작가를 앙드레 지드로 잘 못 알 정도로 소설가 남편의 직업을 이해 못하고, 가스불도 잘 잠 그지 않는 부주의한 여자로 묘사됐더군요. 혹시 부인께서도 실제로 그러신가요?"

미영의 얼굴빛이 변했다. 영민이 당황하여 실없는 미소를 짓고 있는데 최승희가 끼어들었다.

"이봐, 윤 기자. 누구 부부싸움 만들 일 있어? 그런 질문을 하게. 하루에 부인을 사랑한다는 말을 몇 번이나 하냐, 남편이 바람피우는 사실을 알았을 때 어떻게 하시겠느냐, 독자들이 궁금해하는 이런 질문을 해야지."

최승희가 한 마디 한 마디 할 때마다 영민은 가슴이 철렁 내려앉았다. 저러다 불쑥 일전에 있었던 일을 내비치기라도 하면 어쩌나 싶었다. 충분히 그럴 수 있는 여자였다.

"허허허, 최 선배, 이 옷 괜찮은데 어……, 어디서 샀어?"

영민은 최승희의 옷을 만지는 척하며 너스레를 떨었다.

최승희는 말을 막고 싶어 하는 영민의 의중을 알아챘다는 듯 대답했다.

"영민 씨 넥타이도 좋네."

그러면서 한껏 다정한 포즈로 영민에게 몸을 밀착하며 넥타이를 만졌다.

"으응, 이거 와이프가 주인집 아저씨한테 빌려왔어."

영민은 얼떨결에 내뱉고 나서 미영의 눈치를 살폈다. 예상했던 대로 미영은 무척 속상한 얼굴이었다.

마침 한 무리 속에 있던 편집장이 둘을 불렀다.

"인터뷰 대충 마치고 빨리 이쪽으로 와. 주인공이 있어야지."

영민은 그 말을 구원의 손길처럼 느끼며 미영을 데리고 그쪽으로 갔다.

편집장이 영민에게 술을 따라주며 축하 인사를 건넸다.

"영민 씨, 축하해. 자, 이제부터야."

"네, 열심히 하겠습니다."

영민은 단숨에 맥주 한 잔을 쭈욱 들이켜고는 미영에게 술병을 건네며 말했다.

"평소 편집장님께서 베풀어 주신 은혜에 감사하며 저 대신 집

사람이 술 한 잔 따르겠습니다."

미영은 머뭇거렸다.

"자, 어서 한 잔 따라드려."

영민이 호기 있게 명령했다. 미영은 속이 부글부글 끓었지만 애써 미소 지으며 말했다.

"영민 씨가 따라요."

"따라 드리라니깐!"

영민은 권위를 세우느라 큰소리쳤다.

미영은 다른 사람들이 눈치 채지 못하게 하이힐로 테이블 아래 있는 영민의 발등을 밟았다.

영민의 얼굴이 일그러졌다.

바로 그때 구문갑이 끼어들었다.

"이거 누구 사람 차별하능교. 여기도 한 잔씩 쭉 따라 주이소."

미영은 할 수 없이 한 사람씩 차례로 술을 따랐다.

주택가 골목길 앞에 택시가 멈추고 영민과 미영이 내렸다.

"내가 거기 술 따르러 갔어? 내가 술집 접대부야, 호스티스야?"

미영은 내리자마자 영민을 향해 쏘아붙였다.

"그래서 아까 내 발을 밟은 거야? 얼마나 아픈지 오줌이 찔끔 나올 뻔했잖아."

영민은 일부러 능청스럽게 이죽거리더니 느닷없이 구두와 양말을 벗어선 발을 들어 보였다.

"봐, 시퍼렇게 멍들었잖아."

"어휴, 저질! 사진 찍는 게 그렇게 좋으면 아예 영화배우로 나서지 그랬어? 여자들 앞에서 웃고 손발 올리고. 아예 발가벗고 찍지 그랬어, 어휴 유치해."

그 말에 영민도 슬슬 부아가 치밀었다.

"내가 유명해지는 게 그렇게 샘이 나?"

"소설가가 쓸 게 없으면 아예 쓰지 말 일이지, 왜 애먼 사람을 끌어들여 공개적으로 망신을 줘? 상상력이 그렇게도 없어? 어쩌다 가스불 한 번 안 잠근 걸 갖고 사람을 부주의한 여자로 몰아?"

"소설가 여편네가 소설을 이해하지 못할 정도로 그렇게 무식해?"

"그래, 나 원래 무식하다. 테스를 누가 썼는지도 모르고."

그러더니 미영은 휭 하니 앞서 걸었다.

약이 바짝 오른 영민이 악을 썼다.

"그래, 니 똥 굵다, 니 똥 굵어."

순간 미영이 걸음을 멈추더니 뒤를 홱 돌아보았다.

"넥타이 풀어!"

"……."

"빌린 넥타이 때 타. 내가 빌린 거니까 내가 잘 돌려줘야 돼."

화간 난 영민은 씩씩거리며 넥타이를 풀기 시작했다. 그러나 마음이 급해서인지 잘 풀리지 않았다. 목이 조여 컥컥거리다가 겨우 풀어서 미영에게 집어던졌다.

"최승횐가 하는 계집애 앞에서는 왜 그렇게 설설 기어? 걔가 옷을 어디서 샀건 그런 걸 뭐 하러 물어봐? 둘이 그렇게 친한 사이야?"

"그래, 친한 사이다 어쩔래?"

"그렇게 친하면 같이 살지 그래."

"뭐? 말 다했어?"

"그래, 다했어."

"살라면 내가 못 살 줄 알아?"

"안 말려, 잘 살아봐!"

영민은 사뭇 심각한 표정이 되어 잠시 감정을 추슬렀다.

"갈라서자는 거야?"

"마음대로."

미영은 발길을 돌려 총총히 사라졌다. 영민은 영민대로 집과는 다른 방향으로 발길을 돌렸다.

어두운 카페의 불빛 아래 영민이 조는 듯 앉아 있다. 맥주 몇 병을 이미 마신 뒤다. 시간이 늦은지라 다른 테이블은 대부분 비어 있다.

영민은 극단적인 말을 내뱉은 것이 무척 후회스러웠다. 주워담을 수만 있다면 그러고 싶었다.

"난 미영일 사랑해. 처음 봤을 때나 지금이나 변함없이 사랑한다구. 남들은 결혼해서 자기 와이프 이빨에 낀 고춧가루를 보거나 화장실에 앉아 있는 모습을 보면 실망한다지만 난 미영이가 잘 때 이빨을 갈고 이불 속에서 방귀를 뀌어도 아무렇지 않아. 그럼 미영인 날 사랑하지 않느냐고? 아니, 미영이도 날 믿고 사랑하니까 첫사랑 얘기도 털어놓고, 담배를 피우지 말라고 하면서도 예쁜 재떨이를 새로 사줬겠지. 그런데 우린 왜 자꾸 싸우는 거지? 미스 정, 우린 왜 자꾸 싸우는 거지?"

영민은 카페의 마담을 독백 속에 끌어들였다.

"부부는 싸울수록 정이 든다잖아요. 그만 가보세요, 김 선생님. 너무 취하셨어요."

마담은 어린아이 달래듯 영민을 응대했다. 영민은 담배와 라이터를 주섬주섬 챙겨선 일어섰다. 돈을 꺼내려고 주머니에 손을 집어넣었다.

"아까 계산하셨어요."

영민은 한 손을 들어 인사를 건네곤 비틀거리며 밖으로 향했다. 그러다 문득 혼자 앉아 있는 남자를 발견하곤 그 앞에 도로 앉았다. 영민은 남자의 술잔에 맥주를 한 잔 따라 주욱 들이켰다.

"이봐요, 형씨. 둘이 사랑해서 결혼했으면 행복하게 잘살아야 하는데 왜 자꾸 싸우게 되는 겁니까, 응?"

영민은 답답한 마음을 하소연하듯 진지하게 물었다. 남자는 게슴츠레한 눈을 반쯤 내려뜨며 말했다.

"나도 그걸 알고 싶어서 여기 앉아 있소."

영민은 고개를 끄덕이며 테이블 위에 있는 담배를 꺼내 물었다. 그리고 나선 그 남자의 라이터로 불을 붙이곤 자신의 주머니에 넣고 자리에서 일어났다.

"거, 남의 담배는 왜 가져가슈?"

영민은 주머니 속을 뒤집었다. 피우다 만 담배 네 갑과 라이터 대여섯 개가 나왔다.

"어? 언제 이런 게 내 주머니에 있었지?"

남자는 멀뚱히 영민을 바라보다가 그중에서 자신의 담배와 라이터를 집었다.

영민은 남자를 뒤로하고 카페 문을 나섰다. 차가운 새벽 공기가 얼굴에 닿는 순간 영민은 낯선 거리에 온 사람처럼 무거운 발걸음을 옮겼다.

7부

가슴 밑둥으로부터의
사랑

그해 겨울 이후에도 아내와 난 줄곧 싸웠고,
사랑한다는 말도 수없이 반복했다.
나는 아직 사랑이 무엇인지 말할 수 없다.
그러나,
어린 날 허공을 향해 쏜 화살을
오랜 시간이 흐른 뒤 친구의 가슴에서 찾듯
그때는 사랑이 무엇인지 알 수 있을까.

　　　　　　사랑은 채워지지 않는 갈망과 같
다. 그를 완전히 나의 사람으로 만들 수 없음에 안타까워하고, 문
득문득 낯선 얼굴로 다가오는 그에게 서운해지는 것.

그날 이후 미영과 영민은 물과 기름처럼 융화를 이루지 못했다.
둘 사이에 알 수 없는 깊은 골이 생긴 것 같았다. 그것은 미움이나
질투의 감정과는 다른 무심함이었다. 저 혼자 안으로 깊어가는 강
과 같다고나 할까.

영민의 머릿속은 늘 써야 할 원고들로 복잡했다. 미영은 초점
없는 그의 눈을 볼 때마다 그가 더욱 멀게 느껴졌다.

휴일이 되어도 다른 때 같았으면 즐거운 나들이 계획이라도 세워봄직 했건만 미영은 기대조차 하지 않았다.

밥상을 가운데 두고도 두 사람은 서로 다른 생각을 했다. 영민은 써야 할 원고 생각에 신경이 곤두서 있었고, 미영은 밥알을 하나하나 세듯 젓가락을 천천히 움직였다.

영민은 숟갈을 놓자마자 한쪽 벽에 자리한 책상 앞에 가서 앉았다. 그리고는 급히 원고를 써나갔다.

밥상을 치우려던 미영이 갑자기 배를 움켜쥐고 주저앉았다.

"영민 씨, 서랍에서 소화제 좀 꺼내줄래? 갑자기 배가 아파서 그래."

원고에 몰두해 있던 영민은 고개를 돌리지도 않은 채 건성으로 서랍에서 생리대를 꺼내려다 미영에게 던져주었다.

배를 움켜쥔 미영은 방바닥에 거의 쓰러질 듯 엎드렸다. 고통스런 신음 소리에도 영민은 돌아보지 않았다.

"아악!"

미영이 비명을 지르며 뒹굴기 시작했다. 영민은 그제서야 황급히 달려왔다. 미영의 얼굴은 이미 땀으로 흥건히 젖어 있었다.

"왜, 왜 그래? 무슨 일이야?"

고통에 못 이겨 소리를 지르던 미영이 베개를 물어뜯었다. 겁에 질린 영민은 어찌할 바를 몰랐다.

"애, 애기 낳는 거야?"

미영을 고개를 흔들며 이를 앙다물었다.

"침, 침착해! 이럴 때일수록 침착해야 돼."

영민은 후닥닥 밖으로 튀어나가 주인집 여자를 데리고 들어왔다.

주인 여자가 미영의 배를 만져보았다. 영민의 손엔 어느새 솜과 가위, 그리고 머큐롬이 들려 있었다.

"물도 끓여야겠지요?"

미영의 배를 만져보던 주인 여자가 고개를 갸우뚱했다.

"아니, 가만 있어봐. 그게 아닌데. 가족계획도 했다면서?"

"네, 그렇지만 혹 잘못됐을지 모르니……."

"아냐, 배도 하나도 안 불렀는데 무슨. 체했나? 체한 것도 아닌 거 같은데."

그러더니 주인 여자는 미영의 손톱을 살폈다.

"아악, 아줌마 나 좀 살려줘요!"

영민은 겁에 질린 표정으로 울먹였다.

"미영아, 죽으면 안 돼!"

병원으로 가는 택시 안에서 영민은 난생처음 기도란 걸 했다. 어릴 적 크리스마스 때 교회에 가서 반쯤 눈뜨고 했던 이후론 처음으로.

미영이가 이렇게 고통스러워하는 것도 모르고 잘난 글줄이나 쓴답시고 미영을 외면한 것에 대한 자책이었다. 미안해, 미영아. 제발 죽지만 마. 너를 의심한 것도, 최승희와 있었던 일도 모두 용서를 빌게.

영민은 응급실 밖 의자에 푹 파묻고 미영의 검사 결과가 나오기만을 기다렸다

이따금 문이 열릴 때마다 가슴이 철렁 내려앉았다. 함께 따라온 주인여자는 연신 혀를 차며 중얼거렸다.

"에휴, 사는 게 뭔지. 새신랑, 마음 단단히 먹어요. 재작년에 세든 신혼부부가 있었는데 서른도 안 된 새파랗게 젊은 신랑이 갑자기 배가 아프다고 해서 병원으로 옮겼는데 석 달도 못 가서 죽어버렸어. 위암으로. 그때 증세가 꼭 새댁처럼 저랬어."

영민이 갑자기 흐느끼기 시작했다. 처음엔 작게 어깨가 들썩이더니 점점 소리가 커졌다.

그때 응급실에서 환자의 보호자인 듯한 여자가 나오더니 주저앉으며 오열하기 시작했다.

"아이구, 고생고생만 하다 이제 겨우 살 만하니까······."

그 모습을 보는 영민의 얼굴은 눈물로 범벅이 됐다.

"제발 아니길 바라지만······, 사람이 한 번 죽지 두 번 죽나. 오면 가는 게 인생이지. 저리 예쁘고 야무지고 상냥한 색시가 일찍 가는 게 아까워서 그렇지."

"제가 죽일 놈입니다, 죽일 놈. 아까도 그렇게 아픈 줄도 모르고 잘난 글이나 쓴답시구."

영민은 더욱 흐느꼈다.

"그러게 하나밖에 없는 아내한테 남편이 평소에 잘해 줬어야지. 집에도 일찍 들어오구 술도 작작 마시구. 남편이 속 썩이니까 저런 병이 생기는 거라니까."

영민의 얼굴은 쉴 새 없이 흐르는 눈물로 얼룩졌다.

"의사들이 괜히 보호자 안심시키려고 거짓말할 수 있으니까 그저 사실대로 얘기해 달라고 해. 병원에 있어봤자 돈만 버리니까 일찌감치 퇴원시켜서 가고 싶은 데 여행도 가고 먹고 싶은 것도 실컷 먹이고."

"네, 그럴게요."

그 말과 함께 영민은 눈물을 거두었다. 그리곤 비장한 결심을 한 듯 말했다.

"앞으로 담배도 끊고 술도 끊겠습니다. 아침에 깨우면 한 번에 일어나겠습니다. 신혼여행도 제주도로 다시 가겠습니다."

그때 응급실 문이 열리며 간호사가 외쳤다

"오미영 씨 보호자 되시는 분 들어오세요."

영민이 엉거주춤 일어서자 주인 여자가 팔을 끌어잡으며 당부했다.

"마음 단단히 먹어. 그저 사실대로 얘기해 달라고 하고."

"알겠습니다."

담당의사는 아직 자리로 돌아오지 않았는지 자리에 없었다. 영민은 그 앞에 가서 앉았다. '유감스럽게도 위암입니다.' 머릿속엔 이 말이 뱅뱅 돌았다. 영민은 눈을 질끈 감았다.

의사가 자리로 돌아오더니 몇 장의 엑스레이 사진을 형광판에 걸었다. 그 모습을 보며 영민은 안절부절 못했다. 의사는 서랍을 뒤적여 무언가를 찾는 양 딴청을 피웠다.

(분명 암일 거야. 그런 얘길 하기가 쉽지 않아 괜히 딴청을 부리는 거야.)

결연한 표정의 영민이 먼저 입을 열었다.

"저는 작가입니다. 말씀하시기 난처한 선생님 입장을 충분히 이해합니다. 저를 위로하려고 거짓말하지 않으셔도 됩니다. 의사는 어떠한 경우라도 환자의 생명을 놓고 거짓말을 해선 안 됩니다. 에……, 저는 잘 놀라는 성격이 아닙니다. 쥐새끼를 볼 때만 빼구요. 전, 전 각오가 다 돼 있습니다. 그러니 사, 사실대로 얘기해 주십시오."

긴장한 영민은 말을 더듬었다. 어리둥절한 표정을 짓던 의사가 툭 내뱉었다.

"오미영 씨는 급성맹장입니다."

집으로 돌아온 영민은 옷을 갈아입으며 투덜거렸다.

"역시 앙리드 몽테를랑 선생 말씀이 맞았어. 예술가는 결혼하지 말았어야 하는 거야. 그까짓 맹장염 갖고 죽을 듯이 호들갑을 떨어서 글도 못쓰게 만들고. 맹장 수술 같은 건 결혼 전에 알아서 미리 했어야지."

이렇게 혼잣말을 하며 담배 한 대를 태우려는데 전화벨이 울렸다. 영민은 신경적으로 여보세요, 하다가 장모의 목소리임을 알아채고 수그러졌다

"미영인 어때요? 벌써 마취에서 깨어났어요? 네, 내복이랑 보온병이랑 로션이요? 병원에 입원한 사람이 무슨 로션이 필요하대요? 네, 하여튼 내일 아침에 가져갈게요. 제가 있어야 하는데 급히 쓸 원고가 있어서요. 장모님이 저 대신 수고 좀 해 주십시오, 네."

바람이 창문을 흔들었다. 영민을 스탠드를 켜고 책상 앞에 앉았다. 적막함이 흘렀다. 밤이 꽤 깊은 듯했다.

"미영아."

아무 대답이 없다. 영민은 원고에 열중한 채로 다시 미영을 불렀다.

"미영아, 커피 한 잔 타 줄래?"

그제야 영민은 고개를 돌렸다. 방 안은 텅 빈 채 아무도 없었다. 언제나 그곳에서 책을 읽고 있거나 졸린 눈을 반쯤 감고 앉아 있던 미영이 오늘은 없다.

순간 영민은 외로움이 덩어리져 오는 것을 느꼈다. 함께 있을 땐 몰랐던 그리움이었다. 영민은 썰렁하고 휑한 방 안을 쭉 둘러보고는 다시 고갤 돌렸다. 겨우 몇 줄 채운 문장이건만 그자저도 툭툭 끊어졌다.

영민은 자리에서 벌떡 일어나 주방으로 가 물을 올려놓았다.

싱크대를 열어 커피를 찾던 영민의 시선이 문득 냉장고 옆에 걸려 있는 두 장의 사진에 머물렀다. 예쁘게 웃는 미영의 사진과 영민의 사진 한 장이 나란히 걸려 있었다. I Love you라는 글씨와 함께.

영민은 왠지 기분이 착잡해지는 것을 느꼈다. 콧등도 시큰거렸다. 입구에 아무렇게나 놓인 미영의 슬리퍼가 눈에 띄었다.

영민은 그것을 집어들었다. 슬리퍼는 너무 오래 신어 한쪽 끈이 너덜너덜해진 상태였다. 미영은 아침마다 입구에 걸터앉아 영민의 구두를 윤이 나게 닦아놓곤 했다. 자신의 슬리퍼는 그토록 너덜너덜해져 가는 것도 모르면서.

영민은 다시 텅 빈 방 안을 둘러보았다. 금방이라도 미영이 튀어 나와 종알거리며 얘기를 할 것만 같았다.

방 안을 둘러보던 영민이 갑자기 옷을 입더니 서둘러 어둠 속으로 달려나갔다.

영민은 발소리를 죽인 채 불이 꺼진 병실로 들어갔다. 그리곤 미영이 누워 있는 침대로 다가가 잠든 미영의 얼굴을 들여다보았다.

"사랑해, 미영."

영민이 미영의 뺨에 입을 맞추자 미영이 사르르 눈을 떴다. 영민을 알아본 미영이 잠이 덜 깬 목소리로 물었다.

"지금 몇 시야?"

"새벽 두 시."

"근데 왜 왔어?"

"보고 싶어서."

미영이 피식 웃었다.

"장모님은?

"내가 가라고 했어. 대단치도 않은 걸 갖고."

"주스 한 잔 줄까?"

"아직 아무것도 먹으면 안 된대. 원고는 다 썼어?"

"응."

영민은 거짓말을 했다. 보고 싶어서 원고가 안 써진다는 말은 하지 않았다.

"영민 씨, 잠깐 나갔다 와."

미영이 갑자기 얼굴을 찡그리며 다급하게 말했다.

"왜?"

"글쎄 나갔다 오라니깐."

"싫어."

"그럼 고개 좀 돌리든가."

영민이 고개를 돌리기도 전에 뽀옹, 하는 방귀소리가 났다.

"영민 씨, 나 주스 한 잔 줘."

미영의 얼굴은 조금 전과는 달리 여유 있게 웃음까지 짓고 있었다.

"아직 안 된다면서."

"이젠 방귀가 나와서 괜찮아."

주스 잔을 입으로 가져가던 미영이 창밖을 보며 소리쳤다.

"눈이다, 첫눈."

"응."

두 사람은 어깨를 나란히 한 채 창밖을 바라보았다. 어둠 속으로 빨려 들어가듯 하얀 눈발이 점점이 흩날리다간 사라져 버렸다. 영민과 미영의 사랑 이야기처럼 정답게 어울렸다가 이내 흩어지고 점점이 모여 정을 쌓듯 두터워지는 것처럼, 그렇게 포근하게 쌓였다.

나는 어느새 서른을 훌쩍 넘은 가장이 되었다. 그 사이 작은 집도 장만했고 소설가로서 명성도 조금은 얻게 되었다.

그해 겨울 이후에도 아내와 난 줄곧 싸웠고, 사랑한다는 말도 수없이 반복했다. 나는 지금도 사랑이 무엇이고 결혼이 무엇인지 얘기할 수 없다.

그러나, 어린 날 허공을 향해 쏜 화살을 오랜 시간이 흐른 뒤 친구의 가슴에서 찾듯 그때는 사랑이 무엇인지 알 수 있을까.

요즘 내겐 새로운 습관이 하나 생겼다. 아내가 잠들고 나면 몰래 서재에 들어가 아내의 사진첩을 들여다보는 것이다. 그곳엔 이제 겨우 일곱 살 난 나의 신부가 예쁜 리본을 매고 웃고 있다. 그 모습이 언제나 내 마음속에 변치 않는 그림으로 자리할 것을 난 알고 있다.

결혼이란 사랑이 가져올 아픔을 감수하고,
사랑을 지키고,
그것 없이는 삶이 불가능하다는 것을 인정하는 것이다.

_ 캐롤린 헤이브런

좋아한다는 것과
사랑한다는 것

.

우리는 고전문학에서부터 현대에 이르기까지 수많은 사랑의 이야기를 보아왔다. 그러나 사랑이 뭐냐고 물으면 선뜻 대답할 수 없는 것이 남자와 여자의 사랑일 것이다.

좋아한다는 것이 찰나적이요, 표피적인 것에 머무는 감정이라면 사랑은 그것보다 깊은 본질에서 만나지는 감정은 아닐는지.

♥ 한 남자와 한 여자가 만날 때

내성적인 남자와 외향적인 여자의 만남. 서로 다른 꿈을 꾸며 성장한 두 남녀가 만났을 때, 한 지붕 안에서 그들은 무슨 꿈을 꿀까.

♥ 환상의 세레나데

남자는 (누구나 꿈을 꿀 땐 그렇겠지만) 결혼을 통해 환상의 꿈을 꾼다.

그러나 환상은 환상일 뿐이다.

♥ 오해

남자의 눈을 통해 보여진 여자의 모습. 남자는 여자를 사랑한다고 확

신하는데 이 질투라는 감정은 어디에서 튀어나온 걸까?

♥ 남자란 무엇인가?

남자의 바람기. 다른 여자에 대한 호기심은 단순한 성욕일까? 아니

면?

♥ 여자란 무엇인가?

이제 지나온 날들은 어둠 속에서 빗장을 걸어 잠갔는데 여자의 마음

속에 어른거리는 추억의 그림자는 무엇인가.

♥ 남과 여

남자는 신분 상승을 위해 줄달음치고, 여자는 그 속에서 소외감을 느

낀다.

♥ 사랑이란?

"그해 겨울 이후에도 아내와 난 줄곧 싸웠고, 사랑한다는 말도 수없이 반복했다. 나는 지금도 사랑이 무엇이고 결혼이 무엇인지 얘기할 수 없다. 그러나, 어린 날 허공을 향해 쏜 화살을 오랜 시간이 흐른 뒤 친구의 가슴에서 찾듯 그때는 사랑이 무엇인지 알 수 있을까."

이 책《나의 사랑, 나의 신부》는 보통의 남자와 여자라면 누구나 한 번은 경험하게 될 사랑과 결혼에 관한 아주 작은 사랑 이야기다.

나는 어릴 적부터 오래된 의문 하나를 가지고 있었다. 그 의문은 "사람들은 사랑이란 이름으로 이별을 하고, 폭력을 휘두르고, 거짓말을 한다. 그러나 그것을 모두 사랑이라고 할 순 없을 것이다. 그렇다면 사랑이란 무엇인가?"라는 것이었다.

그 후 오랜 시간이 지나 사랑이 무엇인지를 어렴풋이 알게 되었을 때, 사람들은 사랑을 한 것이 아니라 좋아했다는 사실을 알게 되었다. 이 책은 사랑이란 단어의 홍수 속에서 조심스럽게 이야기하고 싶은 내 어린 날의 소망의 씨앗이다.

이명세

My Love My Bride